F.U. Ricardo

Altwerden braucht Mut
(und auch ein Lächeln über sich selbst)

F.U. Ricardo

Altwerden braucht Mut
(und auch ein Lächeln über sich selbst)

Ricardo, F.U.

Altwerden braucht Mut (und auch ein Lächeln über sich selbst)
– 1. Aufl. – 2012
Herstellung und Verlag:

BoD - Books on Demand, Norderstedt (www.bod.de)
ISBN: 978-3-8482-3277-2

Einleitende Betrachtungen

Schon ein neugeborenes Baby birgt den Keim des Todes in sich. Nur, wer denkt beim Werden an ein solch tragisches Ende? Wohl niemand! Die Jugend ist voller Hoffnung, Wünsche und Träume. Und das ist auch gut so!

Man will die Sterne vom Himmel herunterholen, die ganze Welt umarmen und all die Miesepeter ignorieren, die darauf hinweisen, dass alles einen Anfang und ein Ende hat.

Der Teenager wartet auf Volljährigkeit, der junge Mensch auf Karriere, Glück und Erfüllung, der ältere und meist etwas reifere Mensch auf einen beschaulichen und doch noch interessanten Ruhestand. Und dann mag niemand auf das Ende warten.
Man verdrängt den Gedanken, und doch kommt das Ende unaufhaltsam. Äussere und innere Anzeichen können nicht mehr ignoriert werden. Und doch tut man's. Warum eigentlich? Weil man nachher ins Nichts versinkt, oder einfach nicht weiss, ob und wie es weitergeht? Damit hier nicht ein allzu trockener Lese-

stoff entsteht, wird dieses Problem in eine Geschichte verpackt, um es lesbarer zu machen,
eine Geschichte, die sich täglich tausendfach
abspielt in all ihren Varianten und Schattierun-
gen, bei allen Völkern und Rassen!

1

Hermann Grossmann wurde fünfundsechzig Jahre alt und freute sich auf den bevorstehenden Ruhestand. Seine Frau Renate weniger, denn sie kannte ihren Mann zu gut nach fast vierzig Ehejahren. Er ging voll und ganz auf in seinem Beruf und hatte bislang versäumt, sich auf den neuen Lebensabschnitt vorzubereiten. Sie wollte zu Hause keinen Brummbär, der ihr in den Haushalt reinschwatzte, sich vor Langeweile selbst nicht mehr ausstehen konnte oder gar in Depressionen fiel. Hermann kannte keine Hobbys mehr, denn sein Beruf, der ihn völlig auffrass, liess dazu keine Zeit. Sie sah ziemlich schwarz für die Zukunft und hintersann, was wohl zu tun sei. Im Haushalt war Hermann immer eine Nuss und kümmerte sich wenig, nein, er kümmerte sich um nichts!

Zum Glück waren sie finanziell gut dran. „Wenigstens hier keine Sorgen, wenn die Wirtschaftskrise nicht brutal zuschlägt!", überlegte sich Renate. „Also sehe ich zumindest *eine*

Möglichkeit für das Rentnerdasein! In aller Ruhe reisen und dabei geniessen, indem man mit eigenen Augen sieht und nicht vorgekaut bekommt, was andere für einen sehen wollen oder müssen! Gereist sind wir beide beruflich schon x-mal um die Welt und haben uns unzählige Städte und Sehenswürdigkeiten von einem Guide erklären lassen (müssen!).

Ich will dann Hermann auch mit einem Haustier überraschen. Nicht einen Hund, denn sonst muss ich mit ihm zweimal täglich Gassi gehen, sondern mit einer kleinen Schmusekatze. Ein eigenwilliges Geschöpf, gewiss, frech und allerliebst zugleich. Sie zerfetzt vielleicht die Gardinen und die Polstergruppe, aber was soll's? Es bringt Abwechslung ins Haus. Eingedenk der Tatsache, dass du nicht mit der Katze spielst, sondern sie spielt mir dir, bringt sie etwas Leben in den befürchteten tristen Alltag!

Ich muss einen ganzen Katalog erstellen über künftige Aktivitäten. Mein Mann wird sich noch wundern, wenn das grosse Loch kommt, so nach einem Vierteljahr Ruhestand. Das Telefon und das Handy klingeln nicht mehr so oft, was man früher nahezu verflucht hat. Keine Mails mehr, alte Freunde haben keine Zeit. Also, ich schlage ihm vor, einen Kochkurs zu besuchen, mal endlich ein spannendes Buch zu lesen und nicht nur Fachliteratur. Zwei, drei oder mehr Stunden absolute Ruhe zu geniessen und sich entspannen. Menschenskind, es wartet eine grosse Aufgabe auf mich!"

Der Tag der feierlichen Inruhesetzung kam. Grosse Worte, Champagner und Blumen, die Versicherung, unvergesslich zu sein und stets in Ehren gehalten zu werden, aber man gönne ihm, dem Herrn Direktor, von Herzen den wohlverdienten Ruhestand. Seine Spuren in der Firma seien unauslöschlich, und was da alles so daher geschwatzt wird.
Beim Festessen dachte Renate mit Schaudern daran, wie das Erwachen morgen früh sein würde, wenn Hermann nicht mehr eiligst seinen Espresso hinunterspülen und sein Drei-Minuten-Ei verdrücken müsste und plötzlich nicht mehr zehn Minuten Zeit für seine Zeitung hat, sondern den ganzen Morgen.

Allmählich dämmerte es auch Hermann, dass nun wohl eine ganz andere, völlig neue Zeit beginnen würde, und er wurde zunehmend stiller inmitten der ganzen Festivitäten. Etwas bedrückt verabschiedete er sich von seinen Kolleginnen und Kollegen, nahm seine Renate bei der Hand und zottelte mit ihr nach Hause. Seinen Entwurf für die Abschiedsrede zerknüllte er. „Was soll man denn hier und dazu noch sagen? Tschüss miteinander, bleibt gesund und vielleicht ja mal auf ein Wiedersehen!", dachte Hermann, befreit und doch auch etwas bedrückt.

„Ach was, die werden mich noch manchmal um Rat fragen und kontaktieren, vor allem mein direkter Nachfolger in der grossen Rückversicherungsanstalt Swiss-Re, eine der grössten der Welt, die bis heute für mich mein Leben war. Es geht ja allen einmal so! Also Kopf hoch! Komm Renate, jetzt gehen wir nach Hause und feiern zu zweit noch etwas weiter!"

„Kannst du denn das noch?", fragte sie etwas scheu.

„Und ob! Du wirst schon sehen! Zum alten Eisen zählen wir noch lange nicht!"

„Was hast du denn für Pläne?"

„Vorläufig überhaupt keine. Aber Ideen kommen mir schon. Hilfst du mir dabei?"

„Wenn du dir helfen und etwas sagen lässt, gerne!"

2

Zu Hause angekommen, nahm Renate Hermann in die Arme und gab ihm einen dicken Kuss. „Willkommen in unserem schönen Heim, das wir nun zusammen geniessen wollen! Wir erstellen zusammen einen Katalog, was wir künftig für Prioritäten setzen, denn unser Leben verändert sich jetzt total. Zunächst musst du dich von der Nabelschnur deines Geschäftes entbinden und in deinen Gedanken um hundertachtzig Grad eine Wende herstellen, sonst erdrückt dich mit der Zeit die Leere und Langeweile. Nicht heute und morgen, aber bald! Die Welt dreht sich auch ohne uns, und zwar so schnell, dass wir bald nicht mehr mitkommen. Bauen wir zusammen eine neue, unsere Ruhestandswelt auf! Versprochen?"

„Warum sorgst du dich denn so um mich, Renate?"

„Weil ich dich kenne, und zwar vielleicht besser als du dich selbst. Bis jetzt warst du im Urlaub schon nach drei Tagen ungeduldig, wenn vom Büro sich niemand meldete. Ab jetzt gehst du bitte jeden Morgen erst zum Bäcker und holst frische Croissants. Das mag zwar nicht so gesund sein, schmeckt aber gut, und der Spaziergang tut dir auch gut! Einverstanden, und zwar bei jedem Wetter?"

„Wenn du nicht allzu früh das Morgenessen anberaumst, schon. Aber ich will jetzt geniessen, nicht mehr so früh aus den Federn zu steigen!"

„Wenn du so lange schlafen kannst, ist es ja gut! Denk daran, dass der innere Motor dich weckt!"

„Okay, dann stelle ich diesen Motor halt ab!"

„Nicht ganz, sonst stottert dieser plötzlich, wenn du ihn aus irgendeinem Grund wieder etwas laufen lassen willst!"

„Kluges Mädchen! Ich muss mehr auf dich hören!"

„Ja, dringend. Und nicht nur hören, sondern auch entsprechend handeln. Ich will dich nicht bevormunden, sondern einfach für den Rest unseres reichhaltigen Lebens glücklich machen!"

Sie liebten sich sogar in der Nacht wieder einmal. Einfach so, wie man dies mit 65 Jahren auf dem Buckel noch tun kann. Und sie waren glücklich.

„Hoffentlich hält dieses Glück etwas an!", durchzuckte es Renate. Nun, es hielt, wenigstens für das erste Vierteljahr. Es kam aber in dieser Zeit kein einziger Anruf, keine winzige Frage aus dem Büro. Man brauchte offenbar den alten Herrn Direktor wirklich nicht mehr. Und das schmerzt schon ein bisschen! Ein bisschen? Nein, sogar sehr!

Das ewige Zuhauseherumhocken geht einem auch auf den Wecker. Also, ab in die richtigen Ferien! Aber wohin?

„Wo waren wir denn eigentlich noch nie? Richtig, das Matterhorn haben wir immer nur aus dem Flugzeug gesehen. Also ab ins Wallis nach Zermatt. Und zwar die ganze Reise mit der Eisenbahn. Wann waren wir denn zum letzten Mal mit dem Zug unterwegs?"

„Ich glaube, das sind jetzt über zehn Jahre! Also, höchste Zeit!"

„Mit U-Bahnen sind wir schon im Untergrund der grossen Metropolen dieser Welt herumgebummelt. Aber ist eine Reise mit der guten alten Bundesbahn in neuesten Waggons nicht viel schöner und gemütlicher, zumal wir nicht in Stosszeiten reisen müssen? Renate, auf unseren Zettel mit Anregungen für den Ruhestand kommt noch der Begriff ‚Zugreisen' hinzu!"

„Nicht nur für das Eisenbahnfahren, Hermann, sondern für manches andere mehr. Du musst aus deiner Kummerhöhle raus. Ich kaufe uns eine Katze!", erwiderte Renate.

„Aber ich habe eine Katzenallergie!", protestierte Hermann.

„Hattest du mal, offenbar! Aber heute nicht mehr. Wir waren kürzlich in einer Gartenwirtschaft, in der die Cervelats nicht so überzeugten, und fütterten drei herumstreunende Katzen, die du lieb kraultest. Und weit und breit keine Allergie!"

„Das kannst du nicht vergleichen, wie wenn man Tag und Nacht mit so einem Vieh zusammen sein muss!"

„Ich füttere das rätselvolle und elegante Wesen und mache auch sein Kistchen sauber!", entgegnete Renate. „Du brauchst mir ihr nur zu spielen!"

„Wir reden noch darüber in Zermatt!"

„Zu spät, das Wundertier ist bereits bestellt und wartet auf einen Namen, den du ihm geben wirst!"

„Weibchen oder Männchen?"

„Siehst du, deine Fragen werden schon besser. Ein Weibchen! Wie könnte es heissen?"

„Helvetia! Diese Dame gab's zwar nie, sie ist aber in allen Köpfen und auf vielen Münzen der Schweizer, so wie diese bestellten Katze vermutlich schon länger in deinem Kopf ist. Es gibt sie für uns einfach auch nicht. Man kann Bestelltes wieder abbestellen!"

„So willst du also ohne Kopf und ohne Geld weiterleben? Ich hole nach Zermatt mir meine ‚Helvetia' zur Probe! Komm jetzt, die Reise beginnt!"

3

Zermatt, Traum oder Albtraum? Beides. Das 5'000-Seelen-Dorf zählt jährlich 1,3 Millionen Besucher, denn, auf Zerrnatter Gebiet liegen 33 Viertausendergipfel von insgesamt 74 in der ganzen Schweiz. Nein, nicht das Matterhorn ist der höchste, sondern die Dufourspitze mit 4'634 Metern über Meer, ganze 180 Meter weniger als der höchste Berg in Europa, der Montblanc in Frankreich. Das könnte vielleicht manchen Schweizer ärgern, denn in einem kleinen Land ist man gerne irgendwo auch mal der Grösste! Ja, solche Sorgen sollte man haben!

Allein der Zustrom der sogenannten Bergsteiger ist enorm, und deren Ausrüstung manchmal eine Katastrophe. Mit Turnschuhen und T-Shirts erklimmt man einfach keine Viertausender. Wer das nicht glaubt, der besuche mal den Friedhof für Opfer des Berges in Zermatt. Man geht ja auch nicht, wenigstens vorläufig, in Badehosen in die Oper. Und für einen einigermassen befriedigenden Service in den Hotels sollte der Gast mindestens vier Sprachen beherrschen. Wohlverstanden der Gast; früher war das der Herr Ober. Natürlich ist die Natur da oben immer noch berauschend schön, wenigstens solange keine Zweitwohnungen bis zum Gipfel erstellt werden.

„Machen wir aus allem das Möglichste und freuen wir uns, gemeinsam hier zu sein!", erklärte Renate ihrem Mann, dem aber plötzlich die dünne Höhenluft offenbar doch etwas zu schaffen machte.

Als aber die Air Zermatt mit ihren berühmten Hubschrauber-Crews, die schon einige Mal im Himalayamassiv Rettungseinsätze geflogen haben, zu einer in Bergnot geratenen Gruppe wegen plötzlichem Wetterumschlag gerufen wurde und einen Deutschen, zwei Japaner und einen Italiener, zwei davon tot und zwei schwer verletzt unter Einsatz ihres eigenen Lebens bergen musste, konstatierte Herrmann: „Renate, komm, wir gehen heim! Ich will mir diesen Irrsinn nicht mehr länger anschauen!"

„Das ist doch nicht der eigentliche Grund, mein Herrmann, für dein plötzliches Heimweh! Lass sie doch am Berg herumkrabbeln wie Ameisen auf ihrem Ameisenhaufen. In Zürich tummeln sich doch noch mehr Leute in der City. Sei ehrlich, du erträgst die Höhe nicht mehr so wie früher und schläfst hier, wenn überhaupt, sehr schlecht!"

„Ja, ich habe Verdauungsstörungen und fürchterliche Blähungen. Mir ist einfach grausam unwohl hier oben!"

„Dann wollen wir so schnell wie möglich zurück nach Zürich!"

Vierundzwanzig Stunden später lagen sie wieder im eigenen Bett, aber die Beschwerden bei Hermann waren nicht weg. „Ich melde mich morgen bei meinem Hausarzt zu einer Besprechung!", meinte er mürrisch. Wenn er freiwillig und von sich aus so etwas sagte, war das schon ein Alarmzeichen!
„Tue das!", erwiderte Renate etwas besorgt. „Ich komme mit!"

„Nicht nötig, mein Schatz! Ich gehe allein!"

„Dass du mir etwas verheimlichen kannst?"

„Das würde mir nicht gelingen!"

„Ja, auch wahr! Es gelang dir in all den Jahren eigentlich selten!"

4

Doktor Hablützel stellte eine Diagnose, die „Verdacht auf Divertikel im Darm" lautete, und wies Hermann in ein Krankenhaus zu einer Darmspiegelung ein. Zuvor musste dieser sich total entleeren und literweise eine grausliche Flüssigkeit in sich hineinschütten, so dass ere eine ganze Nacht auf der Toilette verbrachte.

„Ekelhaft, dieses Gesöff! Warum haben die Chemiker in den Laboratorien der Pharmaindustrie nicht was Erträglicheres herausgefunden? Weil sie das Zeug nicht selber schlucken müssen!"

„Tatsächlich, Herr Grossmann, Sie leiden unter Divertikeln im Dickdarm, die entzündet und verwachsen sind. Aber es ist nichts Bösartiges. Trotzdem rate ich Ihnen zu einer Operation, während der ein kleines Stück Darm herausgenommen wird. Dann haben Sie wieder Ruhe! Der Eingriff wird von Spezialisten häufig durchgeführt und bedeutet praktisch kein Risiko!" Beruhigend meinte dies der

Arzt, der die Darmspiegelung durchführte, als sei das eine Bagatelle.

Für den Doktor schon reine Routine, aber Hermann fürchtete sich davor, wenn mit einem Schlauch und einer Minikamera an der Spitze in seinem Unterleib herumgefahren wird. Nun, angenehm war das nicht, aber auch nicht sonderlich schmerzhaft. Die Entleerung zuvor war weit ekelhafter.

Auf die Frage des Arztes, ob er den Eingriff am Monitor selbst auch verfolgen wolle, meinte Hermann: „Lieber nicht, ich schaue lieber einen Krimi oder einen Western als mein Innenleben!"

„Das haben wir heute leider nicht im Programm!", lächelte der Arzt.

Nachdem Hermann, etwas geniert über den Eingriff in seine Intimsphäre, die natürlich auch von einer jungen Assistenzärztin begleitet wurde, wieder bei Renate zu Hause war, meinte er zu ihr: „Heute holen wir unsere ‚Helvetia'! Bist du einverstanden? Ich muss auf andere Gedanken kommen!"
„Gerne, aber warum ausgerechnet heute? Hast du schlechten Bericht?"

„Wie man's nimmt! Ich muss mich demnächst am Darm operieren lassen und werde bei einem Chirurgen im Bethesda-Privatspital angemeldet. Ich bekomme Bericht, aber will mich zuvor noch ein wenig ablenken!"

„Helvetia" war schon vergeben, aber im Tierheim warteten noch viele kleine und grosse, junge und alte Katzen auf einen liebevollen und neuen Besitzer, oder besser gesagt, auf jemanden, von dem sie Besitz nehmen konnten. Renate und Hermann entschieden sich für den kleinen Peter, ein klitzekleines Katerchen, der sie so lieb und verträumt anblinzelte, dass sie beide sofort fasziniert waren.

„Das ist unser Prinz!" Und der Prinz hatte offenbar nichts dagegen, denn er hüpfte sofort in dem kleinen Transportkäfig hin und her und stolzierte nachher in der Wohnung und auf der Terrasse herum, wie wenn er längst hierher gehörte. Als Peter dann beim Kraulen auch noch zu schnurren begann, Fressnapf und Kistchen entdeckte, war er bereits fester Bestandteil der Familie und wurde verwöhnt nach Strich und Faden. Seine Turnkünste waren wirklich imposant, und sein Einfangen und Plagen von Schmetterlingen, dafür er natürlich belobigt werden wollte, liessen daran erinnern, dass er nicht nur ein Schmusekätzchen, sondern auch ein kleines Raubtier sein konnte.

Das erste kleine Unglück, nämlich dass er das Katzenklo einmal nicht ganz traf, wurde schnell behoben, indem man mit wehem Herzen seine Schnauze in seine Pisse drückte, um ihm zu bedeuten gab, wo er sein Geschäft zu machen hatte. Er begriff schnell und war nun von Stunde an reinlich.

„Siehst du, Peter lernt schneller als jeder Mensch!", lachte Hermann, als der Postbote klingelte und ein Einschreiben überbrachte. Oh Schreck, der Absender war Privatklinik Bethesda!

Und die Firma meldete sich auch jetzt noch nicht ein einziges Mal!

5

Mit einem mulmigen Gefühl schritt Hermann eine Woche später ins Besprechungszimmer von Professor Doktor von Allmen. Die Fragerei nahm kein Ende. „Welche Medikamente nehmen Sie? Welches Körpergewicht? Sind Sie auf irgendetwas allergisch? Rauchen Sie? Wie viel Alkohol im Durchschnitt, täglich?" Und so weiter und so fort! „Sie brauchen aber keine Angst zu haben, denn solche und ähnliche Eingriffe habe ich schon weit über hundert Mal gemacht, und alle mit Erfolg!"

„Wirklich tröstlich", meinte Hermann. „Wie lange dauert denn die OP?"

„Etwa zwei Stunden! Sie erhalten auch nicht eine grosse Narbe quer über den Bauch, sondern nur zwei unbedeutende kleine Löcher, die man später gar nicht mehr sieht! Wenn Sie hier noch unterschreiben wollen!"
„Menschenwürde kann man bei einer schweren Operation vergessen. Natürlich ist man

für die Crew im OP-Saal nur eine Nummer. Aber wenn man splitternackt unter einen noch wärmenden Decke liegt und dann auf das Bananen-Wägelchen gehievt wird, wenn man an intimen Stellen noch rasiert wird, wenn die Nadel für die Narkose endlich sitzt und zu wirken beginnt, kurz bevor man splitternackt im grellen Scheinwerferlicht vor der ganzen Mannschaft liegt und nicht mehr über einen Körper wie George Clooney verfügt, durchziehen einem schon sonderbare Gedanken, die zu Glück aber durch plötzliches Hinübergleiten ins Nirwana der Narkose weggeblasen werden.

Kurz darauf wird man gehätschelt wie ein kleines Baby im Aufwachsaal und gewiss mit wichtigen, aber auch etwas idiotischen Fragen bombardiert, bis man endlich ins Zimmer verlegt wird. Wenn dann der Professor erscheint und man fragt, ob alles gut gegangen ist und wie viele Zentimeter Dickdarm nun weg seien, meint dieser gekünstelt fröhlich: „Alles okay, aber wir mussten dreissig Zentimeter entfernen und brauchten insgesamt vier Stunden." Dann kommt noch die bange Frage: „Bösartig?" Antwort: „Nein, aber wir schicken das Gewebe natürlich noch zur Abklärung ein. Sieht aber alles gut aus!

Nun, nehmen Sie Schmerzmittel und schlafen sie sich gesund. Trinken ist allerdings noch nicht möglich, Sie werden durch die Infusion versorgt!" Und dies, obschon die Zunge am Gaumen klebt, die Lippen spröde sind und man wenigstens von einem Glas Wasser träumt!

Nachdem Hermann in die Bettpfanne und die Urinflasche gemacht hatte, sich wie ein Kleinkind den Hintern waschen lassen und später zur Toilette geführt werden musste, besserte sich sein Zustand ziemlich schnell. Er bekam wirklich Heimweh und wollte weg aus dieser Oberfürsorge. Dies nicht zuletzt, um auch wieder mal eine Zigarette zu rauchen. Der Professor gestattete ihm die Heimreise auch sehr bald, aber Konsultationen in seiner Praxis waren in nächster Zeit noch notwendig.

An einer solchen wurde Hermann eröffnet, dass sein Blutbild nicht so ganz in Ordnung sei, und dass er vorsorglich mal bei einem Onkologen vorsprechen solle.

„Also doch Krebs, wenn Sie sagen Onkologie?"

„Aber nein! Einfach mal einen umfassenden Blutuntersuch, Herr Grossmann! Nicht gleich immer ans schlimmste Szenario denken! Heute hat die moderne Medizin Möglichkeiten, die vor zehn Jahren noch undenkbar waren! Übrigens mit dem Essen müssen sie selber merken, was Ihnen gut tut und was nicht. Sie können von mir aus alles essen!"

„Wenn ich wieder mal Appetit habe, geschweige denn Hunger! Immerhin sind schon etliche Kilogramm weg!"

„Das ist sogar gut so!"

„Sicher! Aber das bedeutet für mich, neue Kleider sind zu kaufen, und das in meinem Alter! Ich bin doch keine Frau!"
„Sehen Sie, der Humor kehrt schon zurück!"

„Vielleicht ist es Galgenhumor?"

„Besser als gar keiner! Wann besucht Sie Ihre Frau?"

„Jeden Tag! Sie isst ab und zu hier im Zimmer von der ausgezeichneten Spitalküche!"

„Meinen Sie dies auch ironisch?"

„Schon etwas, ja!"

„Wissen Sie, nach einer relativ langen Narkose und mit allen Infusionen und Medikamen-
ten hat man keinen richtigen Geschmack im
Mund! Die Küche ist gar nicht so schlecht bei
uns! Aber übermorgen können Sie zu Hause
essen!"

„Danke, Herr Professor!"

6

Kater Peter überschlug sich fast vor Freude über Hermanns Heimkehr, und Monika traten Tränen in die Augen vor Rührung.

„Jeder Tag ist nun ein Geschenk Gottes, den wir noch gemeinsam erleben dürfen!", konstatierte Hermann.

„Sprich doch nicht wie ein Geistlicher zu einem Schwerkranken! Jeder Tag war schon immer ein Geschenk!", widersprach Monika.

In der Onkologie begrüsste Hermann Grossmann die Pflegefachfrauen und den Arzt mit dem Wort der alten Gladiatoren im alten Rom: „Es grüssen euch die Todgeweihten!"

„So weit sind wir noch lange nicht, Herr Grossmann. Wir haben da schon noch einige Pfeile im Köcher", erwiderte der Arzt lächelnd. „Und sterben müssen wir alle einmal!"

„Was für Pfeile, Herr Doktor? Mit Kurare vergiftet?"

„Sie lesen viel?"

„Ja, mit Vergnügen und mit Interesse!"

„Man merkt das, denn Sie sind ein interessanter Gesprächspartner!"

Nach der Blutentnahme und einer ersten Analyse aus dem Spitallabor meinte der Arzt: „Bitte nicht erschrecken, Herr Grossmann. Aber wir müssen das Blutbild im Auge behalten, denn es könnte eine gewisse Altersleukämie auftreten. Im Moment ist noch nichts sehr Alarmierendes festzustellen, aber das könnte sich ändern. Waren Sie mal in den Tropen?"

„Ja, so ungefähr dreissig Mal!"

„Wissen Sie, dort lauert manches, von dem wir noch keine Ahnung haben und auch keine Diagnose stellen können. Viel Unmögliches ist dort möglich! Kommen Sie vorläufig alle zwei Monate bei uns vorbei zur Kontrolle."

„Okay, aber was wird, wenn sich alles verschlimmert?"

„Dann müssten wir eventuell eine Chemo-Therapie anwenden!"

„Mit all den schlimmen Folgen und Nebener-scheinungen?"

„Nun, so weit sind wir noch nicht. Und diese Mittel werden immer verträglicher und raffi-nierter!"

„Danke für den Trost, Doktor, der für mich leider keiner ist!"

7

Eine der Nachuntersuchungen bei Professor von Allmen ergab, dass er mit dem Heilungsprozess der Darmoperation sehr zufrieden war.

„Aber ich verspüre nachjedem Essen, sei es eine oder drei Stunden nachher, starke Schmerzen und Krämpfe in den Därmen!", erwiderte Hermann.

„Dann wollen wir sie mal in die ‚Röhre' stecken und ein Schichtenröntgen auswerten. Eventuell nehmen wir auch nochmals eine Darmspiegelung vor. Ja, ich weiss, das ist unangenehm, aber wir wollen Sie doch von diesen Schmerzen befreien. Ich habe weit über hundert solche Operationen durchgeführt, und bis auf drei sind alle sehr positiv verlaufen!"

„Schön, dass ich bei den drei Prozent der ‚Auserwählten' sein kann!", murrte Hermann missmutig.

Aber alles brachte nichts. Die Narbe war gut verheilt und der Darm in Ordnung. Doch, etwas brachte das Röntgen, die Computer-Tomographie hervor. „Sie haben bei Ihrem Hinterteil eine ziemlich verwachsene Fistel, die wir mit der Zeit herausnehmen müssen. Keine grosse Sache, aber diese OP dauert wieder zwei bis drei Stunden. Und vor allem muss die Wunde nach dem Eingriff offen bleiben, von selbst zuheilen und die Haut selbst nachwachsen. Dies kann dann etwa acht bis zehn Wochen dauern. Aber Sie besitzen eine kräftige Natur und die Heilkraft des Körpers ist gross!"

„Ja, und ich bin zudem an allen Ecken und Enden krank! Muss ich dann die ganze Zeit auf dem Bauch liegen? Wie geht denn das mit dem Stuhlgang?"

„Nun, wir packen Sie in Watte ein, und reinigen kann man sich auch ganz sanft mit warmem Wasser mit der Duschbrause!"

„Schön, wie Sie alles verniedlichen! Sie können glatt nebst Chirurg auch als Psychologe durchgehen!"

„Ich melde Sie mal an, und wenn Sie wollen, im selben Krankenhaus. Die Wartezeiten sind manchmal lang!"

„Ich werde also meinen diesjährigen Urlaub in jenem grossartigen Hotel nehmen, in dem Sie eine ‚Metzgerei' besitzen!"

„Aber nachher sind Sie wieder munter!"

„Bis zur nächsten Komplikation! Diese ist ja vorprogrammiert wegen meiner schlechten Blutwerte!"

„Auch dies kann man beheben!"

„Aber Tote auferwecken können Sie noch nicht!"

„Nein, aber Halbtote!", lächelte der Arzt.

„Es bleibt dann einfach die Frage, ob noch eine gewisse Lebensqualität vorhanden ist!"

„Gewiss! Fragen Sie mal einen Menschen in misslichen Verhältnissen, ob er nicht alles daran geben würde, um noch etwas am Leben zu bleiben!"

„Ja, stimmt! Der Selbsterhaltungstrieb ist gross! Aber nicht bei allen!"

8

Auch die zweite grosse OP verlief gut. Nur die Zeit danach war eine einzige Qual für Hermann. Wenn man am Tag oder in der Nacht manchmal stundenlang in der Dusche steht, um sich zu reinigen, wird man fast verrückt und muss sich sehr Mühe geben, nicht in eine Depression zu fallen. Auch die grausamen und giftigen Schmerzen lassen das nunmehr wenig vorhandene restliche Fett am Körper weiter schmelzen, so dass man aus den bisherigen Kleidern und Mänteln Zelte machen könnte. Und mit den Leuten redet man nicht darüber! Es ist einfach zu peinlich!

„Komm, Hermann, lass uns wenigstens für eine Woche in ein schönes Hotel im Süden fahren. Zu Hause fällt uns sonst noch die Decke auf den Kopf. Auch wenn du nicht viel von dem Tapetenwechsel hast, lenkt dich eine Veränderung der Szenerie vielleicht doch etwas ab!"

Mit Pampers-Windeln im Koffer reisten er und seine Frau bald nach Ascona. „Unseren Ruhestand habe ich mir allerdings anders vorgestellt!", bemerkte beim Auspacken der Windeln im Hotel mit Blick auf den Lago Maggiore Hermann und lächelte etwas wehmütig.

„Es ist dies dein erstes Lächeln seit langem! Wie schön!", flüsterte Monika leise.

„Das macht das südliche Ambiente, und dass du mich trotz meiner kaputten Nerven noch einigermassen liebst!"

„Einigermassen? Du bist schlecht in deinen Wahrnehmungen. Ich liebe dich sehr!"

„Und unseren Peter?"

„Ja, Peter! Ich habe schon wieder etwas Heimweh nach ihm!"

„Wenn du willst, können wir sofort zurück. Er wird aber gut umsorgt!"

„Geniesse jetzt mal vorerst die Palmen, den See und die ganze Gegend. Leider kannst du das Essen noch nicht so geniessen, vor lauter Angst, wieder sofort aufs Klo marschieren zu müssen!"

„Ich habe auch sonst keinen Appetit, aber immer Durst. Komm, gehen wir auf die Terrasse der Bar und trinken ein Glas Champagner. Ich weiss, für das Geld kaufen wir im Laden eine ganze Flasche, aber was soll's. Machen wir aus dem Unmöglichen das Möglichste! Ein Glas Champagner und eine Zigarette heben das Lebensgefühl wieder etwas an!"

„Sie mal an, der Genussmensch erwacht wieder in dir!", witzelte Monika.

Nach einer Woche hatten beide trotz schönem Wetter die Nase voll und fuhren mit dem Wagen wieder nach Zürich zurück. Es stand ja auch die nächste Blutuntersuchung in der Onkologie an.

9

„Wir müssen nun doch eine Chemo-Therapie starten, denn die Blutwerte verschlechtern sich von Monat zu Monat. Nicht, dass Sie eines Tages als Notfall bei uns eingeliefert werden!", erläuterte zwei Wochen später der Onkologe.

„Also, auch das noch! Machen Sie doch, was Sie wollen!", knurrte Hermann müde. „Viel schlimmer kann es ja nicht mehr werden!"

Und ob, es wurde schlimmer! Nicht die Chemo selbst, aber die Nebenwirkungen dieses heilenden Giftes. Der berühmt-berüchtigte büschelweise Haarausfall blieb zwar aus, aber es war ihm hundeelend, dazu kamen Schwindel, Antriebslosigkeit, kein Appetit, das ewige Anstechen der Venen, bis diese vernarbten und ein Port an der Brust eingesetzt werden musste. Die Stimmung, die Gefühle waren vergleichbar mit einem Drogenabhängigen auf Entzug! Er hasste sich selbst und war nervlich ein unausstehlicher

Geselle, wenn er nicht gerade wieder vor lauter chronischer Müdigkeit schlief. Dazu kam eine entzündete Mundhöhle, die jeden Bissen und jeden Schluck zur Qual machte.

Aber selbst diese Hölle ging vorbei, schleichend langsam zwar! Die Blutwerte wurden wieder akzeptabel, später sogar gut. War endlich alles überstanden und konnte man die Liste der Aktivitäten im Ruhestand endlich genauer studieren und umsetzen?

Noch nicht, denn die Anspannungen und der Kummer der letzten Monate schlugen auch bei Monika erbarmungslos zu: Sie erlitt einen Schlaganfall! Solche durchstand sie schon während der aktiven Zeit zweimal, erholte sich aber wunderbarerweise wieder recht schnell und ohne bleibenden Schaden. Und diesmal? Nun, die notfallmässige Einweisung ins Krankenhaus war eine Katastrophe. Sie kam in ein Zweierzimmer, in dem die andere, wohl schon sehr betagte Frau im Sterben lag. Zum Glück bekam Monika dies nicht mit, umso mehr aber Hermann, der den Arzt anbrüllte: „Verdammt, schauen Sie endlich nach meiner Frau! Sie hat einen Schlaganfall, und vielleicht wissen Sie auch, dass die ersten Stunden entscheidend sind!"

„Ich komme, aber es dauert noch wenige Minuten. Woher wollen Sie wissen, ob das ein Schlaganfall ist? Sind Sie Arzt oder haben Sie die Symptome aus dem Internet?"

„Nein, Sie grossartiger Mediziner, aus der Praxis. Meine Frau erlitt schon in meiner Gegenwart solche Anfälle in Washington und sogar auf Samoa am andern Ende der Welt. Ich bin zwar nicht Arzt, aber auch kein Idiot!"

Nach etwa 24 Stunden kam der offizielle Bericht der hohen medizinischen Fakultät: „Schlaganfall!"

„Ihr Idioten, das wusste ich sofort!", dachte Hermann, sagte aber nichts. Man will ja die Götter in Weiss nicht allzu arg beleidigen.

Nach einer scheusslichen Woche krochen beide nach Hause, wobei Monika ihrem Mann dankte für alles. „Du musst mir nicht danken. Wie haben wir in der Kirche anlässlich unserer Trauung gehört? In guten wie in schlechten Tagen, bis dass der Tod euch scheidet!"

Monika weinte daraufhin, ob vor Freude oder einfach Rührung, wusste nur sie. Und Hermann fragte nicht, stellte aber fest: „Wir sollten vielleicht auf unsere Liste der Aktivitäten im Ruhestand noch etwas hinzufügen!"

„Was denn?"

„Mehr befassen mit Religion und mit dem Ende hier auf Erden!"

„Sofort einverstanden! Aber dann muss diese Liste immer aufliegen und in keiner Schublade für später verschwinden. Denn später könnte es zu spät sein!"

10

Es folgten einige Wochen der Erholung und Entspannung, bis dann eine neue Katastrophe für die zwei hereinbrach. Es war eines Nachts um etwa vier Uhr, als Hermann erwachte und sich im Bett kaum mehr bewegen konnte. „Träume ich schlecht oder bin ich wirklich wach?"

Meine rechte Seite scheint wie gelähmt zu sein!", dachte er verzweifelt.

„Himmeldonnerwetter nochmals, gibt es denn bei uns nie Ruhe? Was ist das nun schon wieder?" Er versuchte mühsam, sein Bein um Zentimeter zu bewegen, aber es tat sich nichts. „Aber denken kann ich noch normal, und Schmerzen empfinde ich auch nicht! Habe ich jetzt auch einen Schlag? Ich wecke meine Frau nicht! Vielleicht ist am Morgen alles vorbei wie ein dunkler Schatten!"

Aber am Morgen rief Monika die Notfallambulanz des Spitals, in dem Hermann in letzter Zeit fast häufiger weilte als zu Hause. Mittlerer Hirnschlag mit rechtsseitiger Lähmung, keine grossen Sprachstörungen und kaum Gedächtnisverlust Trotzdem intensive Therapie auf allen möglichen Gebieten, Knochenmarkpunktion und dergleichen mehr. Anschliessend mindestens zwei Monate in eine Rehabilitationsklinik, deren Gebäude zwar veraltet waren, die aber eine erstklassige Therapie bieten konnte.

Doch nach acht sehr anstrengenden Therapie-Wochen nagte das Heimweh an Hermann so sehr, dass er zum Arzt meinte: „Mit dieser Rollstuhlbrigade, auch zu jedem Essen, wird man nicht gesund, sondern schwermütig. Entweder Sie lassen mich jetzt nach Hause und einer ambulanten Betreuung, oder ich drehe hier durch und laufe Amok!"

„Schade, nach weiteren vier Wochen hätten Sie grössere, ja nahezu völlige Heilungschancen! Aber Ihr Wille ist entscheidend. Wir suchen für Sie in Zürich eine Physio-Therapie für die beeinträchtige rechte Seite. Gedächtnis und Sprache sind ja nicht betroffen. Alles aber auf Ihre Verantwortung, Herr Grassmann!"

„Ja, leben Sie wohl und danke für Ihre Bemü-
hungen! Gott sei Dank zahlt bis jetzt alles die
Krankenkasse, sonst wäre ich ein armer
Mann." Ein Freund fuhr ihn und seine Frau,
die die meiste Zeit neben ihm in der Klinik
gewesen war und ihn liebevoll unterstützt
hatte, nach Hause.

„Fertig jetzt mit dem ganzen Theater?", fragten sich beide. Nein, denn die Blutwerte hatten sich wieder sehr verschlechtert, und eine
neue Chemo-Therapie wurde verordnet. Was
sich hier vielleicht relativ leicht liest, war ein
einziger Albtraum. Übrigens hatten auch die
Mundhöhle und die Zähne gelitten, wobei
durch Entzündungen jeder Schluck und jeder
Bissen erneut zur Qual wurden. So standen
zusätzlich noch Zahnarztbesuche und Zahn-
technikerkonsultationen auf dem Programm.

„Lieber Gott, es ist nun genug? Lass mich
sterben oder schaffe ein Wunder, denn ich
möchte eigentlich noch eine Weile bei meiner
Frau bleiben", betete seit langen wieder mal
allen Ernstes Hermann.

War das nun endlich alles? Nicht ganz, denn
Monika stürzte und holte sich einen kompli-
zierten dreifachen Oberschenkelknochen-
bruch, und Hermann erlitt zudem noch eine

doppelte Lungenentzündung. So hatten sie inzwischen mehr Zeit im Spital verbracht als früher in jedem Hotel!

Aber jetzt kam der Frühling ins Land gezogen. „Hoffentlich nicht nur in der Natur!", dachten beide im Innersten.

„Der Mensch kann wirklich viel, sehr viel aushalten! Aber das Leben setzt plötzlich ganz andere Prioritäten! Früher um die Welt und jetzt „gefangen" in den eigenen vier Wänden. Da braucht es schon ein Riesenportion Mut, um nicht total abzustürzen, und auch eine neue Lebensphilosophie. Zählen dazu auch Religion und Glaube? Schon, denn ohne das würde mancher vielleicht zu Exit gehen und die berühmte Pille verlangen, bei Beethovens Neunter Symphonie und Kerzenlicht dann für immer einschlafen wollen. In der Schweiz ist dies ja möglich und noch geduldet!

11

„Weit reisen können wir nicht mehr, wenigstens im Moment nicht!", erklärte Hermann seiner Monika. „Du weißt, seit meiner Darmoperation tut nicht nur meine Verdauung, sondern auch mein „Ausgang" ihren Dienst nicht mehr wunschgemäss. Einmal bin ich grauenhaft verstopft, und ein anderes Mal scheisse ich in die Hosen, wenn ich nicht in Sekundenschnelle auf dem Thron sitze. Wirklich ein abwechslungsreiches Leben!"

„Ja, du bist ein armer Kerl! Aber bleib bei mir. Wir wollen das Möglichste aus dem Altwerden machen, obschon dies nicht leicht ist!" sagte Monika. „Weißt du, was auch noch auf unsere Liste gehören würde?"

„Was denn, mein Herz?"

„Endlich Frieden machen mit unserer Tochter und wieder Kontakt zu ihr aufnehmen!"

Sofort verfinsterte sich Hermanns Gesicht. „Ich habe leider keine Tochter mehr! Sie hat uns dermassen grausam enttäuscht, dass ich sie nie mehr sehen will!"

„Auch nicht, bevor wir einmal von hinnen scheiden müssen?"

„Nein, auch dann nicht. Ich habe sie auf den Pflichtteil gesetzt und unser Erbe einer gemeinnützigen Organisation vermacht. Das weißt du. Sie brachte Schande über unseren Namen und hat mein ganzes Privatkonto bei der Bank geplündert mit meiner gestohlenen Kreditkarte und dem Code. Ich stand da wie ein Esel. Dieses Ekel verdient nicht mehr, meine Tochter zu sein!"

„Ist sie aber doch. Und du lebst noch im vorigen Jahrhundert", maulte jetzt Monika ziemlich giftig. „Man müsste auch mal verzeihen können und unser Enkelkind kennen lernen. Dazu aber muss dein sturer Kopf noch weicher werden. Ich hoffte im Stillen, unsere Krankheiten hätten solches bewirkt. Aber ich habe mich getäuscht!"

Einige Tage später fragte Hermann etwas kleinlaut: „Wo in den USA ist denn Jaqueline?"
„Freut mich, dass du so etwas nach vielen Jahren fragst. In St. Louis in Missouri Colorado, dem Tor zu Westen der USA. Sie ist ver-

heiratet mit einem Schweizer, der unsere Enkelin Susan und sie von ganzem Herzen liebt.
Er meinte in einem seiner seltenen Briefe,
dass manche Schweizer einfach nicht über
ihre Berge hinaussehen wollen, obschon es
auf der Welt viel höhere gibt."

„Aber keine so schönen!"

„Natürlich! In wie vielen Ländern warst du eigentlich in deinem Leben?"
„Über hundert! Warum fragst du?"

„Weil man das kaum glauben kann!"

„Wissen diese Leute von unserer misslichen
gesundheitlichen Situation?"

„Das Wichtigste schon! Und sie wünschen
von Herzen gute Genesung!"

„Muss ich dafür dankbar sein?"

„Nein, halte es wie du willst! So, und jetzt
muss ich an die frische Luft!"

„Stinke ich? Ich habe diesmal nicht in die Hosen gemacht!"

„Deine Einstellung gegenüber deinem eigenen Fleisch und Blut stinkt trotzdem gewal-
tig!"

12

„Weißt du denn überhaupt, ob sie jetzt wirklich noch lebt und wo sie sich herumtreibt?", fragte Hermann Stunden später seine Frau.

„Ja, wie gesagt in den USA! Schon wieder vergessen? Und unsere Enkelin studiert Medizin! Aber dein Altersstarrsinn ist ja so krankhaft, dass du jeglichen Kontakt verneinst! Ein Mensch kann sich auch ändern und bereuen. Du leider nicht!"

„Ich will es mir überlegen, Darling!"

„Immerhin! Danke, Liebster!"

„Da ist aber noch ein anderer Punkt auf unserer Agenda, den wir mal anpacken sollten!"
„Und der wäre?"

„Nun, wir haben beide dem Tod ein Schnippchen geschlagen, aber dem Sensemann ins Auge geblickt. Wir sollten uns damit beschäftigen, was geschieht nachher, ich meine nach dem Tod! Geht es in einer anderen Form irgendwo und irgendwie weiter? Du weißt vielleicht noch, ich wurde sehr religiös erzogen, und das kommt vor allem im Alter wieder ins Bewusstsein zurück. Ja, das Christentum, vor allem bei uns in Mitteleuropa, ist am Aussterben, die Kirchen sind meist leer. Und doch ist der Glaube an irgendeine höhere Macht oder Kraft nicht auszurotten. Obwohl die meisten Kirchenfürsten bis hin zum einfachen Pfaffen versagt haben, weil im Namen Gottes die meisten Kriege geführt wurden und die Geistlichkeit der Entwicklung immer ein paar hundert Jahre hinterherhinkt, ist doch noch irgendwelcher Glauben vorhanden.

Wenn der Sinn unseres Lebens einfach Zufall wäre, wenn alles aus dem Nichts entstanden ist und wieder ins Nichts führt, was hat denn alles für einen Sinn? Sind alle Milliarden Gläubige Idioten gewesen und das Evangelium nur für kleine Kinder und Grossmütter geschrieben worden? Fragen über Fragen, die keiner schlüssig beantworten kann, weil alles an Glauben gebunden ist! Aber auch der Leugner aller Spiritualität muss glauben, auch der Massenmörder. Sogar der elendeste Hund in Menschengestalt ruft in der Stunde des Todes entweder nach Gott oder der Mutter!"

„Existiert denn deine Kirche von früher noch?", fragte Monika.

„Ich weiss es nicht, will mich aber mal erkundigen!"

„Hermann, nicht irgendwann, sondern jetzt! Ich bin gerne mit dabei, nach Antworten zu suchen! Wir sind jetzt in dem Alter, wo man gerne und oft was vergisst! Darüber muss man nicht sonderlich traurig werden. Gescheiter ist es, darüber zu lachen. Aber nach dem Lachen müssen wir uns fragen, warum haben wir eigentlich so gelacht? Eben weil wir vieles vergessen oder nicht mehr tun können. Denken wir aber doch auch daran, was wir selbst beim Altwerden nicht vergessen können, nämlich Religion und Glauben!"

„Mädchen, ich vergesse sicher eines nicht, nämlich dass du klug bist!"

„Sicher? Also, dann such mal deine frühere Kirche, und ich schreibe Jacqueline eine Mail!"

„Grüsse sie von mir! Sie soll mal ein Foto schicken von ihrer Tochter!"

„Darling, heute ist deine Sternstunde!"

„Aber auch Sterne können explodieren!"

„Und neue geboren werden!"

13

Die Mail aus Zürich schlug in St. Louis wie eine Bombe ein, aber ohne zu zerstören. Sie glich eher einem grossen Festtagsfeuerwerk! „Wird dein Vater endlich vernünftig oder gar senil?", fragte John Müller seine Frau Jaqueline.

„Ich glaube, jetzt wendet sich vieles, und meine Dummheiten von damals werden endlich bewältigte Geschichte! Oh John, wenn wir doch einmal über den grossen Teich nach Zürich fliegen könnten zu einem Fest der Versöhnung!"

„Susan kommt vermutlich nicht mit. Sie hat überhaupt keine Beziehung zu deinem Elternhaus, so wie ich auch nicht, sondern sie hasst eher alles, was aus der Schweiz, aus Europa kommt!"

„Hass würde ich das nicht nennen, sondern eher Gleichgültigkeit! Sie ist ja in den Staaten geboren und damit amerikanische und

Schweizer Bürgerin. Europa und die Schweiz sind für sie aber wie die Hinterseite des Mondes. Wenn ich davon etwas erzähle, blockt sie einfach ab!"

Etwa 8'000 Kilometer östlich, also in Zürich, orientierte Hermann seine Monika: „Denk mal, ich habe *meine ehemalige Kirche* wieder gefunden. Die alte steht nicht mehr dort, aber eine neue. Ich hatte sogar das unverschämte Glück, dass mich der dort ehrenamtlich tätige Gärtner als Ehemaligen erkannte und mich einlud, wieder mal zu kommen. Es seien auch bei ihnen nicht mehr so viele Leute wie früher, aber immerhin sei die neue Kirche sonntäglich immer noch gut halb gefüllt, und zwar nicht mit einem halben Dutzend alter Mütterlein!"

„Und? Gehst du hin?"

„Ich glaube schon! Kommst du mit?"

„Wann denn?"

„Nächsten Sonntagmorgen!"

„Sofern du nicht abhaust, wenn demnächst mal Jaqueline mit Familie auftaucht!"

„Man sollte Gott keine Bedingungen stellen!"

„Ich stelle *dir* eine Bedingung, und nicht Gott!"

„Also gut, wir gehen zwei der Aktivitäten auf unserem Zettel an. Ich glaube sowieso, das sind die Wichtigsten von allen!"

Nach einem gemeinsam besuchten Gottesdienst in Hermanns „Jugendkirche" sprachen beide lange Zeit kein Wort und waren in sich versunken, bis Hermann nicht mehr anders konnte und erklärte: „In meiner Kindheit nannte man diese Kirche eine Sekte und pöbelte auf uns herum. Das war mit einer der Gründe, dass ich fernblieb. Die Zeit ist aber auch hier nicht stehen geblieben. Nicht mehr Drohungen gegenüber den armen Sündern und Verbote überall, sondern Frohbotschaft des Evangeliums, die ich damals ziemlich vermisste. Für einen Laienprediger, ohne Studium, ohne Manuskript, hat der Mann nicht schlecht gesprochen! Was meinst du?"

„Das Christentum ist doch insgesamt eine Sekte, der an allen Orten widersprochen wird, steht in der Bibel. Ich habe zwar alles gehört, aber nicht alles verstanden. Orchester, Chor und Orgel sowie der ganze Musikstil waren übrigens gut. Sind das auch alles Laien? Wa-

rum hast du mit mir nie über deine Kirche gesprochen?"

„Ich hatte Angst und ich schämte mich ein
wenig. Vergiss nicht, ich komme erst jetzt
langsam im einundzwanzigsten Jahrhundert
an!"

„Es wird Zeit, denn vielleicht haben wir ja
nicht mehr so viel Zeit!", bemerkte Monika.

Hermann küsste seine Frau scheu auf den
Mund, während sie nickte und erwiderte: „Ein
ganzes Leben reicht manchmal nicht aus, um
seinen Partner ganz und gar zu verstehen!"

„Hoffen wir aber, dass es bei uns noch aus-
reicht!", bekräftigte Hermann mit Nachdruck.
„Übrigens, der Welthauptsitz dieser Kirche
soll hier in Zürich sein. Muss ich mir mal anschauen. So gross wie der Vatikan ist der
sicher nicht, sonst wäre dies in allen Medien
längst durchgekaut worden.

„Zum Glück nicht! *Eine* solche Geheimnis-
krämerei und eine überalterte und überholte
Organisation, die zudem noch mit viel Blut
befleckt ist, reicht völlig!"

„Bist oder warst du denn nicht katholisch?"

„Nein, evangelisch! Dort wurden wir doch auch getraut, im Beisein deiner und meiner Eltern, die leider alle schon verstorben sind! Ich vergesse nie den traurigen Blick deiner Eltern, dass du dich in einer anderen Kirche trauen liessest!"

„Also, Mama und Papa, irgendwo da oben im Weltall, wenn es doch weiter geht: Freut euch, der verlorene Sohn kommt vielleicht zurück!", meinte Hermann, und dies mit allem Ernst.

14

Der von Hermann sehr befürchtete und von Monika ersehnte Besuch aus den USA kam relativ schnell nach Zürich. Vor der Begegnung zitterten alle, denn der jahrelange Streit, die Enterbung, die unüberlegten masslosen Worte von Hermann Grassmann an seine Tochter nach ihren Fehltritt, bei dem sie in Erwartung kam, der grausame Hinausschmiss aus ihrer Familie, die „Abschiedworte" von Jaqueline an ihren Vater: „Herr Grossmann, Sie haben einen bezeichnenden Namen, nämlich Grossmann, besser wäre Grössenwahnmann, daran mögen Sie in Zukunft noch ersticken", die weinende Mutter, das alles lief vor ihnen wieder wie ein schlechter Film ab. Und seine letzten Worte brannten immer noch in der Seele: „Ich habe keine Hure als Tochter!"

Eine Kriegserklärung, die auf keinen Friedensschluss hoffen liess, auch wenn viele Jahre darüber hinweggezogen sind. Alle, Jaquelines Mann John, sie selbst, auch die

Tochter Susi, die extra eine Auszeit von ihrem Medizinstudium genommen hatte, blickten wie Kaninchen gebannt zur „Schlange" Vater, die er nicht mehr sein wollte.

Hermann gab sich einen Rück, die in ihm ein mittleres Erbeben auslöste, und sagte mit etwas zittriger Stimme: „Jaqueline, Verzeihung, ich bitte um Vergebung, und sei auch mir zu Hause willkommen!"

„Wer hat dich so gewandelt?", fragte sie total verblüfft.

„Gott, meine Frau, die Krankheit, die mir Zeit zum Nachdenken gab, und auch mein fortgeschrittenes Alter. Ich möchte einmal in Ruhe und Frieden sterben!"

„D a r f ich dich seit vielen Jahren wieder einmal umarmen?"

„Ich bitte dich darum!"

Es erfolgte erst eine ganz scheue, dann aber eine innige und lange Umarmung und dazu eine feierliche Stille!

„Und nun zu dir, Susan! So schön, dass auch du mitgekommen bist. Weißt du, dass ich mir immer gewünscht habe, ein Enkelkind zu haben?"

„Es ging aber ziemlich lange, bis das über deine Lippen kam!", erklärte Susan etwas bitter.

„Ja, ich weiss! Ich war ein sturer Bock. Kannst auch du mir verzeihen?"

„Ich versuche es, Grosspapa, schon einige Zeit. Ich war ja lange Zeit für dich nur ein Hurenkind, ein Bastard! Weißt du, wir sprechen in Amerika miteinander viel Deutsch, darum kenne ich solche Ausdrücke. Aber ich will grosszügig sein!"

„Nenne mich einen Trottel! Aber zwischendurch auch einmal Grossvater!"

„Dann bleibt noch John. Schwiegersohn, hör auf, mich zu verdammen. Kannst auch du mir die Hand reichen?"

Weißt du, Hermann, in den USA ist man grosszügig wie das weite und grosse Land. Man sieht über den Horizont hinweg! Darum wurde es mir vor vielen Jahren auch in der Schweiz zu eng!"

„Oh, darüber gibt es zwischen uns gewiss noch viel interessanten Gesprächsstoff. Natürlich ist in der neuen Welt alles weit, gross und unkomplizierter. Aber es gibt auch dort noch genügend Leute, die nie im Leben aus dem eigenen Land hinauskommen sind, nicht verstehen, dass es auf der Welt noch anderer Sprachen gibt als Englisch und anderes Geld als Dollars. Es gibt überall Kleinkarierte. Darum verstehen wir uns oft ja nicht einmal in der sogenannten westlichen Welt."

„Auch du hast recht, die graue Gehirnmasse ist halt in vielen Menschen eine seltene Substanz. Wir wollen sie zusammen fördern und vermehren. Nutzen wir dazu die Zeit!"

„Sehr einverstanden! Und jetzt haben wir Durst vom vielen Reden. Aber ich war noch nie im Leben so glücklich und befreit!", erklärte Hermann.

„Und ich habe einen ganz neuen Mann bekommen!", konstatierte Monika. „Was wollen wir trinken? Ich schlage vor, zur Feier dieses historischen Tages eine Flasche Champagner!"

Alle stimmten freudig zu!

15

„Paps, wie heisst die Kirche, zu der du gehörst und die sich so verändert hat? Sonst sässen wir heute ja wohl kaum zusammen", fragte Jaqueline.

Als Hermann den Namen nannte, ging ein kleiner Aufschrei durch die Familie, denn Jaqueline erklärte: „Ihr glaubt es nicht, aber das ist die Kirche, in der auch John Mitglied ist! In den USA ist die Gläubigkeit zwar noch relativ gross, und viele Kirchen sind sonntags gut gefüllt. Nur geht er viel zu wenig dorthin. Ich übrigens auch! Das muss sich ändern. Bei uns tummeln sich eben Kreationisten mit ihrer sturen Bibelauslegung, leider auch immer mehr Atheisten und Nihilisten, streng Gläubige, viele Ableger grosser Weltreligionen und auch kleinere Gruppen und Sekten, aber auch einige sogenannte Normale. Wirklich, an Gesprächsstoff mangelt es uns nicht!"

„Aber bitte tolerante Gespräche, nicht Wort-kriege. Diese bringen nichts!", bemerkte Hermann.

„Susi meinte: „Als angehende Chirurgin habe ich schon viele Leiber aufgeschnitten gese-hen, die nicht tot, also nicht entseelt waren, habe aber nirgends eine Seele gesehen! Wo also ist diese?"

„Du fragst verkehrt! *Du bist* eine Seele und hast einen Leib. In der Bibel steht klar ge-schrieben: ‚Der Mensch *wurde* eine lebendige Seele', nicht: ‚Er bekam eine Seele!' ", erläu-terte Hermann.

„Grosspapa, du hättest Pfarrer werden sol-len!", stichelte Susi etwas spitz.

„Danke, nicht für den Pfarrer, sondern für den Grosspapa!"

„Mit unserem religiösen Disput machen wir ein andermal weiter", schlug Jaqueline vor. „Ich möchte, wenn wir schon wieder mal in der alten Heimat sind, in den Süden, in die Sonnenstube der Schweiz reisen. Nur so für zwei oder drei Tage. Italienisches Flair mit Schweizer Qualität und Sauberkeit. Und heu-te Abend bitte einen Wurst-Käse-Salat mit einem sauren Most. Gibt es diese Kneipe noch im Wald auf dem Zürichberg?"

„Ja, aber wir müssen reservieren. Auf solche glanzvollen Ideen kommen nämlich viele Leute!"

Der Abend klang aus in einer ausgesprochenen Harmonie, ja im Glück. Da musste noch etwas kommen, denn wir leben doch nicht mehr im Paradies!

Es kam – am nächsten Tag!

Monika stürzte unglücklich auf einer Treppe zu Hause. Es war ein Schwächeanfall, vermutlich die Folge alles Durchlebten in den letzten Jahren. Mit Blaulicht ging es ins Spital, dort folgten ein langsames Aufpäppeln mit Blutkonserven, Vitaminen und anderen für den Laien unverständlichen Säften und Kräften.

„Gott, jetzt reicht's dann wirklich!", murmelte Hermann. „Du könntest doch die Leiden etwas besser verteilen und nicht alles bei uns deponieren!"

Die angehende Chirurgin meinte beim Betrachten der Arztrapporte, die man ihr als künftige Kollegin gab: „Opa, du hast Glück, dass du bei allem, was euch passiert ist, immer noch an Gott glaubst!"

„Hätte das Leben denn ohne diesen Glauben einen Sinn?"

„Vielleicht nicht, Herr Pfarrer!"

16

Die Tochter und Familie reisten allein nach Lugano und Locarno sowie ins wildromantische Verzascatal. Hermann blieb bei seiner Frau, obschon diese ihn inständig bat, doch auch in den Süden zu reisen. „Du liebst doch das Tessin und die italienische Küche!"

„Schon, aber ich liebe dich noch viel mehr! Werde gesund, dann reisen wir hinterher oder auch ganz allein."

„Weisst du, von was ich träume?"

„Nein, aber ich wüsste es gerne!"

„Dass wir beide nochmals in die USA reisen zu unseren Kindern. Keine Sorge, wir würden in einem Hotel wohnen, aber doch ein paar Tage Gemeinschaft pflegen. Ganz im Stillen hoffe und träume ich sogar, dass die drei sich irgendwann entschliessen, in die Schweiz zurückzukehren!"

„Wer die Weite kennengelernt hat, dem ist es nicht mehr so wohl in der Enge! Und unser schönes Land ist einfach eng und klein!"

„Hat aber alles zu bieten auf engstem Raum, was die USA auch hat, ausser dem Meer, der militärischen Grossmachtpräsenz, dem Mitmischen auf der ganzen Welt und noch ein paar andere Dingen, auf die man gerne verzichten kann."

„Da musst du mit ihnen mal reden. Ich wage mich nicht daran! Auch in Amerika gibt es unzählige kleinkarierte und bornierte Leute, sei dies in Grossstädten oder im hintersten Farmerland! „

„Nein, die müssen miteinander und untereinander reden. Das müsste völlig ihr eigener Entschluss sein. Kannst du mal dafür beten?"

„Das meinst du doch nicht etwa im Ernst? Für so etwas beten? Gott ist doch kein länderparteiischer Mann!"

„Nein! Ob er überhaupt ein Mann ist? Er ist doch Geist, und die zu ihm beten, sollen ihn im Geist anbeten! Das habe selbst ich mal gehört im Kinderunterricht in meiner Kirche!"

„Und nicht vergessen? Natürlich, du bist halt noch jung und deine Zellen sind noch nicht am Absterben!"

„Lache mich nicht aus!"

„Aber vielleicht lacht mich Gott aus! Der kann nämlich auch lachen, denn es steht in der Bibel: ‚Und der Herr lacht ihrer'!"

Nach einer guten Woche wurde Monika entlassen mit der Auflage, anfänglich noch wöchentlich zur Kontrolle zu erscheinen.

„Kann ich das nicht auch in Lugano oder Locarno tun? Unsere Kinder und unsere Enkelin aus den USA weilen dort in den Ferien!"

„Gut, Frau Grossmann. Wir werden dem Kantonsspital Locarno Ihre Akte übermitteln. Aber nach Ihrer Rückkehr nach Zürich schauen Sie auch nochmals bei uns herein. Oder sind wir Ihnen so zuwider?", lächelte der behandelnde Arzt.

„Herr Doktor, ich bin dankbar für Ihre Hilfe, sehe Sie aber lieber von hinten als von vorne!"

„Ich sehe Sie gerne auch von hinten, wenn sie definitiv entlassen werden, obschon ich Sie gerne auch von vorne sehe!"

„Doktor, die Dame ist verheiratet, und zwar mit mir!", lachte Hermann zurück.

„Da haben Sie wirklich unverschämtes Glück!"

„Und bewahren Sie sich vor einem Unglück!"

„Ist das eine Drohung?"

„Nein, nur eine Feststellung!"

Renate freute sich: „Du bist ja immer noch eifersüchtig, Hermann! Das ehrt mich!"

„Ja, und das könnte mich zum Mörder machen!"

„Ich gebe dir keinen Grund dazu!"

17

Die Familie John Müller weilte immer noch im Tessin. Susans Semesterferien liessen das zu, und John war inzwischen selbständig erwerbend mit seiner kleinen Firma für Eisspender in Restaurants, Hotels und Privaten. Ein vor allem in den USA wichtiger Zweig, denn überall plumpsen in Amerika die Eiswürfel in die Getränke, sogar in den Cognac! Die Texaner sagen ja, dass sie bald der grösste Staat der USA sein werden; sie würden einfach noch etwas mehr Eis in ihre Getränke schütten, dann sei Alaska bald nicht mehr so gross.

Es gefiel ihnen allen ausgezeichnet, trotz der vielen Urlauber, die das italienische Ambiente natürlich stark verfärbten. „Wir sind ja auch Ausländer!", tröstete Susi ihre Eltern. Diese aber meinten: „Wir nicht! Wir sind Doppelbürger, und wir sprechen sogar etwas Italienisch!"

„Ja, im Ristorante, für Spaghetti und Vino rosso!", lachte Susi. „Und dann sagt ihr nachher, Thank you'!"

„Wir sind eben multikulturell! Aber sag mal ehrlich, Susi, gefällt es dir hier?"

„Und wie! Hier könnte man einen Teil seines Lebens verbringen!"

„Siehst du, so ist Europa! Jede Ecke und jedes Land eine andere Welt und eine andere Kultur. Gerade du, die an Historien so interessiert ist, du fändest hier eine Jahrtausende alte Geschichte. Sicher auch voller Blut und Tränen, voller Tragödien, Ungerechtigkeit und Gängelung der Massen, aber auch voller Schönheiten!"

„Wo ist dies nicht so? Auch bei uns in Amerika mit seinen Ureinwohnern, noch viel mehr in Asien und Afrika!", konstatierte Susi.

Mitten in ihre Gespräche platzten plötzlich Hermann und Renate! „Offensichtlich gefallt es euch hier! Wir haben aber noch ganz andere Gegenden anzubieten! Wie wäre es mit ein paar Tagen im Engadin, am Genfersee mit welschem Charme, im Berner Oberland, im Wallis und so weiter?"

„So können auch nur Pensionäre reden! Willkommen, Paps und Mama. Wir wollen gerade in ein Grotto gehen und Risotto con Funghi geniessen. Dürfen wir euch einladen? Wir haben aber bald keine Schweizer Franken mehr, und dieses kleine Grotto ist so abgelegen, dass dort keine anderen Währungen, sondern nur Schweizer Geld akzeptiert wird!"

„Auch keine Kreditkarten? Natürlich nicht, blöde Frage! Renate, hast du denn noch ein paar lockere Fränkli bei dir?"

„Für so nette Leute schon, wenn sie nicht allzu teuren Wein trinken!", schmunzelte diese.

Es wurde ein sehr netter Abend in einer für Grossstädter gottverlassenen Gegend, die aber gerade darum so reizvoll ist.

„Hier sollte man sich, so lange dies noch zu haben ist, ein altes Rustico kaufen und inwendig modernisieren. Ein herrlicher Platz zum Philosophieren und ein Eigenbrödlerdasein zu führen. Versprecht ihr, ab und zu mal wieder in die Schweiz und sogar hierher zu kommen? Wir können ja nicht das ganze Jahr hier bleiben, denn wir sind gestresste Rentner!", dozierte Hermann. „Aber damit könntet auch ihr euren Urlaub ab und zu hier planen!"

„Wäre reizvoll, ist aber ein wenig weit von St. Louis in den USA weg!", erklärte John.

„Das ist heutzutage kein grosses Problem mehr. Mit dem Flugzeug ist man ja bald über dem grossen Teich. Und Lugano hat auch einen Flughafen!", lockte Renate.

„Einen Flugplatz, nicht einen Flughafen", bemerkte Jaqueline, „und bestimmt täglich eine Direktverbindung nach St. Louis!"

„Denkt doch mal an Mailand. Für Amerikaner sind das hier doch keine Distanzen!"

Susi ergänzte: „Hier könnte ich meine Dissertation schreiben, um meinen Doktorhut und den Titel zu erhalten! Hier ist es echt romantisch. Ein bisschen eng, ja! Aber immer nur in die Weite blicken, ist auch nicht alle Seligkeit auf Erden!"

„Ja, und Milano ist immer noch ein Mekka für Mode und die Scala ein Weltname für einen Opernfan wie dich!", fügte Monika hinzu, nach der alten Devise: Steter Tropfen höhlt den Stein!

„Und wer kauft so ein Ding, wenn es überhaupt noch solche alten Ziegenställe zu verkaufen gibt?"

„Wir natürlich!", meinte schon sehr begeistert von der Idee Hermann. „Schlafen wir erst mal darüber, und dann erkundigen wir uns näher!"

18

Wie anderntags ein gewiefter Immobilienhändler in Locarno in gutem Deutsch (oder
war dies sogar Hochdeutsch?) erklärte, gäbe
es da noch eine der letzten Gelegenheiten zu
einem sensationell günstigen Preis in Mergoscia, mit Blick auf den dortigen Stausee,
mit Glück und bei klarem Wetter sogar auf
den Lago Maggiore, und einen Katzensprung
weg von Locarno, Ascona oder Brissago, alles berühmte Namen. Der Ort sei wirklich idyl-
lisch, denn es leben ganzjährig dort nur wenige Leute. „Am besten machen wir gleich einen Besichtigungstermin aus!"

Das Valle Verzasca ist ein wirklich wildes Tal
mit steilen Hängen und vielen Wasserfällen.
Die alten Häuser, Rusticos genannt, aus
grauem Stein gebaut, mit oft weissen Umran-
dungen an den Fenstern sowie schweren
Steinplattendächern, sind hier typisch. Für die
einen ist diese Abgeschiedenheit ein Himmel,
für andere der Horror pur. Aber das Klima ist
hier das mildeste der ganzen Schweiz. Nebel

ist sehr selten, und Regenfälle sind meist nur kurz. Darum herrscht hier geradezu eine mediterrane Vegetation vor, wo schöne Reben, Kastanien und Palmen gedeihen. Schön für Grossstädter, die beide Extreme lieben und abwechseln möchten.

Entsprechend sind aber auch die Preise! Einfach übertrieben oder gar kriminell? Nun, es wird alles bezahlt, selbst in Krisenzeiten, denn es gibt immer wieder Leute mit Geld.

Auch die Grossmanns waren begeistert von dem kleinen und wirklich romantischen Objekt und entgeistert, als sie den Preis hörten. „Wir wollen nicht das ganze Dörfchen kaufen, sondern nur dieses Häuschen!"

„Sie müssen wissen, Herrschaften, dass solche Häuser äusserst begehrt und in wenigen Jahren überhaupt nicht mehr zu kaufen sind. Auch bei mir ist dies seit längerer Zeit wieder einmal *die* Gelegenheit!", argumentierte der Verkäufer.

„Die Gelegenheit für *Sie,* einen satten Gewinn einzufahren! Wir sind keine Russen und keine Araber, die mit ihren Dollars das Holz im Cheminée, dem offenen Kamin, zum Brennen bringen!", entgegnete Hermann. „Lassen Sie uns bitte ein oder zwei Tage Zeit zum Überlegen!"

„Sicher! Nur, bis dann könnte das Traumhaus anderweitig weg sein!"

„Einen solchen Verkauf müssen wir in Kauf nehmen. Ich spreche mit meiner Bank und gebe Ihnen Bericht. Wir wohnen im Hotel Victoria in Locarno. Hier haben Sie meine Karte. Ist der Preis von 600'000 Franken Ihr letztes Angebot für dieses schöne, aber kleine Häuschen?"

„Ja, aber bedenken Sie, es könnten hier ohne weiteres vier bis fünf Personen schlafen!"

„Wir wollen aber nicht nur schlafen, sondern auch Essen und Wohnen!" Unhörbar für den Verkäufer meinte Hermann: „Halsabschneider! Es stehen sicher keine Schlangen mit Interessenten vor seinem Büro – ausgerechnet für dieses Objekt! Sonst haben wir einfach Pech gehabt!"

„Gewiss. Arrivederci, die Herrschaften!", erwiderte der Verkäufer etwas sauer. Noch am selben späteren Nachmittag führte Hermann ein Gespräch mit seinem persönlichen Bankberater in Zürich. Auch diesem erschien der

Preis zu hoch zu sein, aber meinte: „Es finden sich gerade in der Finanzkrise immer Leute, die ihr Geld in ausgefallenen Immobilien anlegen oder damit leider sogar waschen wollen!"

„Sie meinen also, ich soll zugreifen?"

„In Ihrer finanziellen Lage, und wenn das Haus Ihnen natürlich auch gefällt, ja! Die Hypothekarzinsen sind heute ja lächerlich niedrig. Gut, das kann sich in einem halben Jahr schon ändern, sollte aber für Sie kein Problem sein. Bringen Sie etwa dreissig Prozent Eigenkapital?"

„Das entscheidet meine Frau!", lachte Hermann. „Ich gebe Ihnen so bald wie möglich Bericht!"

19

„Wir sind verrückt! In unserem Alter und vor allem in unserem Gesundheitszustand für teures Geld diese Hütte zu kaufen in diesem gottverlassenen Tal. Ja, wir spinnen! Aber ist das nicht herrlich?", fragte Monika ihren Hermann, als sie beim Notariat den Kaufvertrag unterschrieben hatten. „Können wir überhaupt unseren Kater Peter jeweils mitnehmen, damit er nicht immer von uns getrennt ist?"

„Verrückte können alles!", lachte Hermann. „Hier heisst er dann einfach Pietro! Lass uns doch die wenige Zeit, die uns vielleicht noch bleibt, etwas verrückt angehen. Lass uns auch lachen, sogar über uns selbst!"

„Und der andere wichtige Punkt auf unserer Ruhestands-Aktivitätenliste, die Religion?"

„Ich weiss, dass ‚meine' Kirche auch in Locarno besteht! Wenn wir Glück haben, gibt es dort ab und zu sogar Predigten in Deutsch.

Oder wir besuchen sofort einen Italienisch-kurs!"

„Du hast für alles eine Lösung?"

„Nicht für alles, aber für manches! Übrigens haben die Kinder zugesagt, dass sie ab und zu auch ins Verzascatal zum Urlaub kommen wollen, unter einer Bedingung!"

„Was handelt ihr denn hinter meinem Rücken aus? Was ist das für eine Bedingung?"

„Dass wir sie einmal in St. Louis besuchen kommen!"

„Und du hast zugesagt?" „Ja, habe ich!"

„Wirklich, wir sind verrückt. Aber das ist interessant! In St. Louis war ich noch nie!", erklärte Monika.

Etwas dämpfte die Euphorie, aber eigentlich nicht sehr lange. Susi wurde von einer sehr seltenen kleinen Giftschlange gebissen und musste mit einem geschwollenen Unterschenkel ins Spital Locarno gefahren werden. Die Analyse ergab, dass eine Aspisviper sie gebissenen hatte.

„Äusserst selten, und ein Biss ist kaum tödlich, aber sehr schmerzhaft und muss sofort
behandelt werden!", stellte der Dottore Alfredo
Cavalli fest. „Haben Sie das Tier gesehen!"

„Ja, und gleich mit dem Stein, unter dem sie
vermutlich lag, erschlagen!"

„Aber, aber! Sie hätten das niedliche Tierchen
besser mitgebracht. Es ist so selten geworden, und eine Laboruntersuchung hätte vielleicht geholfen, ein Gegengift zu erstellen,
das in Spritzenform jedem Wanderer mitge-
geben werden könnte!", meinte der Arzt.

„Als wenn dieses Gegengift nicht längst vorhanden wäre! Aber immer ans Geschäft denken, nicht wahr, Herr Kollege! Wenn man von
einer Schlange gebissen wird, ist halt der
erste Reflex, das Viech zu töten!", erwiderte
Susi.

„Kollege? Sind Sie auch Ärztin?"

„Noch im Studium! Und eher auf einem anderen Gebiet, nämlich Chirurgie. In St. Louis in
den USA!"

„Ich kenne St. Louis, the Gateway City, das Tor zum Westen! Warum sprechen Sie aber so gut Deutsch?"

„Weil ich Schweizer Doppelbürgerin bin! Meine Eltern sind echte Schweizer!"

„Und wann ist ihr Studium beendet?"

„Bald. Ich gedenke, hier im Verzascatal meine Dissertation zu schreiben. Es fällt mir eben ein Thema ein: ‚Giftschlangen im Herzen Europas'!"

„Grossartig. Mal ein Titel, bei dem man nicht zwei Drittel von anderen abschreiben muss. Übrigens: Wir suchen hier in Locarno tüchtige Chirurgen! Diese sollten nicht alle in Lugano oder Bellinzona arbeiten. Hätten Sie nicht Lust? Ich weiss, es ist ein grosser Unterschied zwischen hier und St. Louis. Aber es kommen auch viele prominente Italiener hierher unters Messer, weil sie uns mehr trauen als den Leuten im eigenen Land!"

„Ich lasse mir das mal durch den Kopf gehen, wenn ich die Dissertation schreibe!"

„Okay! Darf ich Sie dann mal zu einem guten Abendessen einladen?"

„Bringen Sie zunächst das Gift aus meinem Körper! Dann muss ich mein Studium in den USA beenden. Und dann werden wir sehen! Was sagt denn Ihre Frau dazu?"

„Meine Frau? Die einzige Frau in meinem Leben ist meine Mutter. Ich bin nicht verheiratet!"

„Bis ich meine Dissertation schreibe vielleicht schon. Nette Ärzte sind von der Damenwelt gesucht!"

„Danke für das ‚nett'! Ich warte gerne auf die Signorina aus den USA! Hier meine Karte mit Anschrift, Telefon und Mail!"

„Danke, Dottore Alfredo Cavalli", sagte Susi und gab dem hübschen Halbgott in Weiss einen gehauchten Kuss auf die Wange.

20

St. Louis ist eine interessante Stadt. Aber sie gleicht hundert anderen Städten in den Vereinigten Staaten. Stopp, nein, natürlich nicht, wenigstens nicht für die Bewohner der eigentlichen Stadt und der Region selbst, die insgesamt gegen drei Millionen Menschen zählt. Auch St. Louis hat seine Geschichte, seine Besonderheiten, seinen Stolz. Da ist vor allem der 192 Meter hohe Gateway Arch zu nennen, von dem man eine schöne Sicht auf Downtown und auf den stolzen Mississippi geniesst. In jene Höhe kommt man allerdings nur in kleinen Kapseln für etwa vier Personen, die da hinaufwackeln und rattern. Oben angekommen, hat man immer etwas das Gefühl, als wackle der riesige Bogen. Man schaut also nur kurze Zeit durch die Gucklöcher und rennt dann so schnell dies der ganze Fliegenschwarm von Menschen dies zulässt, wieder in eine der Schaukeln, bis man sehr dankbar wieder festen Boden unter den Füssen fühlt!

Man bedenke auch, dass so um 1800 nach Christus St. Louis Ausgangspunkt für unzählig Expeditionen in den weiten und wilden amerikanischen Westen war. Noch viel früher, also etwa im 12. Jahrhundert, war der Ort die grösste jemals gebaute Stadt nördlich von Mexiko.

„Alles dies ist, natürlich vor allem wegen unserer Kinder, schon wert, ein paar Tage hier zu bleiben!", erklärte Monika, die überglücklich war, noch einmal im Leben in den USA weilen zu können, vor allem hier bei ihrer Tochter!

Die Enkelin Susi beendete in diesen Tagen ihr Medizinstudium und erklärt enthusiastisch: „Ich freue mich, meine Doktorarbeit im Verzascatal schreiben zu dürfen, Oma und Opa!" Dass sie sich noch mehr freute, ihren Dottore in Locarno wiederzusehen, davon sagte sie nichts, dachte aber: „Wenn der Kerl aber eine andere Frau gefunden hat und sie liebt, dann bringe ich ihn um und verschwinde wieder in die USA!"

„Hermann, was ist eigentlich mit deiner regelmässigen Blutkontrolle? Du warst ja schon eine Ewigkeit nicht mehr im Krankenhaus?", fragte Monika plötzlich ihren Mann auf einer

Fahrt mit einem nach altem Original nachgebauten Mississippi-Dampfer mit den typischen Schaufelrudern, den rauchenden Kaminen, aus denen richtiger Dampf und Rauch fauchte, und natürlich mit dem nostalgischen Horn.

„Wie um alles in der Welt kommst du hier und jetzt auf das?", fragte der Angesprochene, nicht nur unangenehm berührt, sondern sogar erschrocken.

„Nun, du siehst etwa blass um die Nase aus!"

„Das war der Überseeflug und gestern Abend zu viel Whisky! Ich bin das nicht mehr gewohnt! Keine Sorge, ich fühle mich gut!"

„Aber zu Hause gehst du wieder zur Kontrolle! Bitte, mir zuliebe!"

„Ja, gerne!", brummte Hermann missmutig geworden. „Aber jetzt lass uns die vermutlich letzte Reise im Land der unbegrenzten Möglichkeiten geniessen! Steward, einen doppelten Scotch, bitte!"

„Wir haben hier den besseren amerikanischen Whisky, Sir!"

„Meinetwegen", brummte Herrmann weiter, während Monika meinte: „Aber du verträgst doch offenbar nicht mehr so viel wie früher?"

„Von dieser Brühe schon! Zum Wohl! Das tut allen Thrombozyten, Leukozyten und dem Hämoglobin gut!"

Zweifelnd nahm auch Monika zwei Schlucke von dem Hochprozentigen und meinte: „Du hast schon recht, Scotch schmeckt besser, vor allem Chivas Regal!"

„Du warst halt immer schon eine Feinschmeckerin!"

Plötzlich schrie jemand quackend durch einen Lautsprecher: „Stoppt die Maschinen! Mann über Bord!"

Man suche aber mal im mächtigen Mississippi, wenn der Dampfer endlich zum Stehen kommt, nach einem Menschen. Geradeso gut könnte man den Yeti im Himalaya oder den Mann im Mond suchen. Die Wasserpolizei wurde alarmiert, und diese suchte missmutig nach einem einsamen Schwimmer oder einer Wasserleiche. Nach einer Stunde konnte der Dampfer wieder weiterfahren, ohne dass die geringste Spur gefunden wurde.

Und doch hatten die Froschmänner Glück. Nach einigen Stunden zogen sie eine Leiche aus dem Wasser und erschraken tüchtig, denn der Ertrunkene war niemand anders als der Vizebürgermeister von St. Louis. „Männer, das gibt einen mächtigen Wirbel und jede Menge Futter für die Medien. Sofort mit dem Mann in die Obduktion! Es muss die Todesursache festgestellt werden. Der Ertrunkene war nicht besoffen, sonst würde man dies gewiss noch riechen! Haben wir vielleicht einen Mörder an Bord des Kahnes gehabt? Jedenfalls bei der Anlegestelle die Personalien aller Passagiere aufnehmen!", befahl der leitende Beamte.

Die toxikologischen Fachleute wurden in der Obduktionshalle noch hinzugezogen. Erst fanden diese weder am Körper noch im Blut einen Hinweis, bis ein Erbsenzähler und Eierkopf plötzlich rief: „Hier haben wir einen kleinen Einstich im Hals des Opfers, der eigenartig verfärbt und wie entzündet ist. Man braucht dazu allerdings beinahe ein Mikroskop, um etwas Genaueres zu sehen!"

Der Bericht der Experten lautete: „Sehr wahrscheinlich Mord durch Vergiftung. Dieses äusserst schnell wirkende Gift auf Atmung und das ganze Nervensystem ist bei uns aber völlig unbekannt. Wir vermuten ein noch nicht von der Wissenschaft entdecktes Pflanzengift aus Dschungelgebieten in Asien. Die Abklärungen laufen auf Hochtouren. Gesucht wird ein Indonesier, der an Bord war und spurlos verschwunden ist. Offenbar sei dessen Schwester vor einem halben Jahr als Zimmermädchen in einem Hotel von diesem Herrn vergewaltigt worden. Es handelt sich hier eventuell um einen Racheakt!"

„Wie viele Indonesier haben wir im Moment in den USA? Eine Million oder mehr? Gute Nacht, Leute! Gott stehe uns bei der Suche nach diesem Mann unter einer Riesenherde bei, die für uns ja sowieso alle gleich aussehen!", murrte der Chef des FBI von St. Louis.

Durch reinen Zufall erfuhr das FBI bei unzähligen Befragungen den Namen eines Indonesiers, der in einem Hotel abgestiegen war. Recherchen beim Zoll an den Flughäfen ergaben, dass dieser Mann kürzlich aus Borneo eingereist war. Grund der Reise: Urlaub in den berühmten USA. Name: Jusak Sadrokiri. Alter: 28 Jahre. Wohnhaft: Banjarmasin, grösste Stadt in Borneo, einer Insel mit 750'000 Quadratkilometern Fläche, aber nur 16 Millionen Menschen. Also meistens Urwald und Dschungel. Hat das Land vorgestern in New York via JFK-Flughafen wieder verlassen in Richtung Jakarta.

„Seht ihr, Leute, es ist doch gut, dass wir restriktive und genaue Einwanderungsvorschriften haben, vor allem gegenüber Personen aus islamischen Ländern, von wo wahrscheinlich die meisten Terroristen herkommen. Man kann nie vorsichtig genug sein!", bemerkte der Chef des FBI. „Unsere Behörden sollen mal in Indonesien nachhaken!"

Was ein übereifriger Beamter auch tat, aber ohne Erfolg! Im Gegenteil, es bahnte sich nahezu eine diplomatische Krise zwischen den beiden Ländern an. Natürlich nur auf einer unteren Stufe, die wenig Einfluss auf die offiziellen Beziehungen hatte. „Wegen *eines* vermutlichen Mordes, und zwar an *einem* Offiziellen einer kleinen Stadt? Lächerlich!", meinten die oberen Etagen beider Staaten.

„Wissen Sie", erklärte in Jakarta ein missmutiger Beamter in schlechtem Englisch am Telefon einem Mister Miller, „Indonesien ist gross, sehr gross! Und unser Land zählt 240 Millionen Einwohner! Wie sollen wir da einen Einzelnen suchen und finden?"

„Die USA sind grösser und haben mehr Einwohner, und wir finden jeden! Der von uns
gesuchte Mann lebt in Borneo!"

„Auch Borneo ist gross und sehr unwegsam.
Wir werden nachfragen und gegebenenfalls
Bericht geben!" Dann machte es „klick' in der
Leitung, ohne ein Wort des Abschiedes. „Und
in Washington sagte der Abgehängte: „Ver-
fluchte Saubande" oder was ähnliches.

Nicht alles, aber manches konnte man in den
Zeitungen in St. Louis lesen, so taten es
auch Susi und die ganze Familie.

21

„Hermann, wir wollen, nein, wir müssen endlich nach Hause, allein schon wegen Peter!", erklärte Renate bald darauf.

„Wer ist Peter?", fragten John und seine Frau.

„Der schönste und intelligenteste Kater der Schweiz!"

„Dann müssten wir den ja auch mal kennen lernen! Wo war er denn, als wir kurz bei euch in Zürich vorbeischauten?"

„Bei seinen Pflegeeltern, die ihn noch mehr verhätscheln als wir! Ja, kommt doch alle mit nach Zürich! Könnt ihr denn schon wieder Urlaub machen? In Amerika habt ihr ja leider immer noch nur zwei Wochen!"

„Schwiegerpapa, du vergisst, dass ich in einer Schweizer Firma arbeitete, und zwar zu

Schweizer Bedingungen! Und jetzt bin ich sogar selbständig!"

„Na, übertreibe mal nicht! Also, dann habt ihr gewiss noch etwa zwei Wochen? Wann fliegen wir?"

„Ich denke so in zwei oder drei Tagen. Ich jedenfalls, wenn ihr gestattet, schreibe dann meine Doktorarbeit in dem Traumhäuschen im Tessin!", strahlte Susi.

„Aber gerne", ermunterte sie Monika. Susi hatte sich vorgenommen, ihre Dissertation zweiteilig zu schreiben. Einmal „Giftschlangen im Alpenraum", und dann noch „Immer noch viele unbekannte Gifte von Tieren und Pflanzen im Dschungel?" Sie sammelte darum alle Hinweise über den Mord am Vizebürgermeister, natürlich auch über Borneo, die grosse Urwaldinsel, und über einen Jusak Sadrokiri.

John nahm sich tatsächlich nochmals zwei Wochen Urlaub in seiner privaten Firma und vereinbarte mit Jaqueline nochmals einen Trip nach Zürich. „Wenn das zur Gewohnheit wird, könntest du bei einer Zürcher Firma gleich einen Job in Zürich selbst beantragen!", meinte sie.

„Gar kein schlechter Gedanke. Die Saläre sind dort höher als hier! Gut, das Leben ist auch teurer, aber im Grund unserer Herzen sind wir doch Schweizer geblieben!", konstatierte John.

„Solche Gedankengänge verfolgen wir mit Spannung und hören sie gerne, nicht wahr Hermann?"

„Und ob. Sprecht weiter darüber. Ihr seid der Trost unseres Alters!"

„Deines Alters, Hermann! Ich bin immerhin vier Monate jünger als du!", lachte Monika.

„Ja, das ist kolossal! Und man merkt das auch!"

„Spötter!"

„Nein, ich meine dies ganz ehrlich!"

22

Zwei Wochen später sah Susi ihren Dottore in Locarno wieder, und ihr Herz klopfte und die Handflächen wurden vor Erregung feucht. Sie ärgerte sich im gleichen Moment darüber, aber dann war die Freude beider übergross.

„Darf ich gratulieren zum Studienab-schluss?", fragte Alfredo. „Si, Dottore!"

„Wie denn? Blumen und Pralinen sind hierzu albern!"

„Ein Kuss auch?"

„Einer? Nein, ein Duzend!"

„Dann beginne mal, Alfredo!"

Ein Feuerwerk der Gefühle übermannte beide! Zwischendurch fragte Alfredo Cavalli Susi: „Warum nur hast du mir eine falsche Telefon-nummer angegeben? Ich versuchte stunden-lang, die richtige zu finden. Aber alle Anfragen meinerseits wurden drüben in den Staaten abgewimmelt!"

„Ich wollte dich prüfen, ob deine Liebe zu mir echt und tief ist und ob du warten kannst! Durch deinen Telefonterror bist du aber inzwischen gewiss in den USA als gefährliche Person eingestuft worden!", lächelte Susi.

„Und? Prüfung bestanden, du grausames Weib? In die USA kann ich demnach nicht einreisen. Darum musst du hier in der Schweiz bleiben!"

„Ich hole mir nach meiner Dissertation nur noch schnell den Doktorhut ab. Und dann habe ich andere Pläne für eine gemeinsame Zukunft, wenn du willst, Darling!"

Das Küssen ging weiter, und Alfredo wollte alle Körperstellen von Susi mit seinen Küssen erforschen, bis sie ganz erregt flüsterte: „Darling, halt ein! Du weißt doch, dass amerikanische Frauen oft etwas prüde sind!"

„Aber du bist doch auch Schweizerin!", stöhnte er voller Lust.

„Ja, und diese gelten als kleinkariert! Stell dir vor, was du dir da für eine Mischung ausgesucht hast! Aber wollen wir nicht noch etwas warten, bis wir uns ganz hingeben? Die Liebe wird dadurch nur grösser!"

„Du bist nicht kleinkariert und nicht prüde, das merke ich schon lange. Aber im Moment bist du ein Folterknecht. Ich gehe auf deinen Wunsch ein, denn ich will nichts zerstören, sondern wirklich dafür sorgen, dass die Liebe und Sehnsucht immer grösser werden! Wann wird das sein?"

„Wenn du mit mir auf eine grosse Reise kommst, und zwar nach Borneo!"

„Wie bitte? Hab ich recht gehört? Borneo?"

„Ja! Ich erkläre dir auch warum und wozu! Willst du mir eine Stunde zuhören?"

„Wenn es sein muss sogar tagelang!"

Susi erzählte vom mysteriösen Mord am Vizebürgermeister in St. Louis und zeigte ihm die wichtigsten Passagen der Presseartikel und auf einer Disc die TV-Meldungen. „In den Tropen und vor allem im Dschungel gibt es vermutlich noch sehr viel Geheimnisvolles und Unentdecktes! Also auch unbekannte Gifte, vor allem bei der Vielzahl der indigenen, vom

Aussterben bedrohten Naturvölker. Aber Borneo ist nahezu zweimal so gross wie Deutschland, und das meiste davon ist unerforschter Dschungel. Weite Teile sind mit dichtem Urwald bewachsen. Die Küste allein beträgt etwa 5'000 Kilometer und ist meist durch Mangrovensümpfe unzugänglich. Flora und Fauna ist zum grossen Teil noch unerforscht. Es leben zum Beispiel dort über vierhundert verschiedene Reptilien- und Amphibienarten und etwa 15'000 Arten von Pflanzen. Nirgendwo auf der Welt gibt es auch mehr Orchideenarten als auf Borneo. Vieles ist nur geschätzt und noch weltweit unbekannt. Himmel und Hölle können dort also auch für einen Mediziner nahe zusammen sein. Möchtest du mit Hilfe dieser Naturvölker nicht ein neues Gift, sei es zum Töten oder Heilen, entdecken, und dir damit einen Namen machen?"

„Susi, das tönt so verrückt, dass etwas Wahres dabei sein kann oder sogar muss! Aber wie finden diesen Jusak Sadrokiri? Denn ohne ihn verrotten wir im Dschungel mit einem Giftpfeil im Rücken!"

„Seine vergewaltigte Schwester in St. Louis! Sie ist vielleicht der erste Schlüssel zu verborgenen Türen! Diese will ich aufsuchen und aufschliessen!"

„Soll ich dich in die USA begleiten?"

„Vielleicht besser nicht. Aber diesmal bleiben wir in engen Kontakt!"

„Sehr einverstanden. Inzwischen kaufe ich alle Bücher, die es über Borneo gibt!"

23

In den USA wird der Doktorhut bereits von Schulabgängern bei der Abschlussfeier getragen, so auch von Susi. Ihre Eltern waren noch stolzer als sie, als ihre Tochter das flache Viereck mit einer Quaste daran und den entsprechenden Talar trug. Die öffentliche Promotion erfolgte bald darauf und somit dann auch der geplante Umzug der ganzen Familie in die Schweiz. John fand bei der ZURICH tatsächlich einen recht gut bezahlten Job, denn im Gegensatz zu den Banken blühten die Versicherungen selbst in der Krise auf. Eine der bestversicherten Nationen gegen und für alles sind die Schweizer. Man muss bald nur noch eine Versicherung abschliessen, um all die Versicherungsprämien bezahlen zu können!

Susi und Alfredo verlobten sich am schönen Lago Maggiore, und es gab nach echt südlichem Flair eine Riesenfeier und auch eine Riesenrechnung, die aber Hermann ohne Wimperzucken bezahlte. Seine Blutwerte hatten sich wieder etwas verschlechtert, doch eine weitere Chemo konnte in seinem „Alter", gemäss Arzt! noch etwas hinausgeschoben werden.

„Wie tröstlich! Das heisst in meinem *hohen* Alter von 72 Jahren lässt sich jederzeit mit dem Tod rechnen, und man muss nicht unbedingt die Krankenkassen schädigen! Aber trotzdem bin ich froh und dankbar, Herr Doktor, vorläufig von einer weiteren Giftrosskur verschont zu werden!", meinte Hermann zum Onkologen.

„Immer noch der gleiche optimistische Sarkasmus!", meinte dieser lächelnd. „Kommen Sie aber bitte alle drei Wochen zur Kontrolle. Wir geben nicht auf!"

„Ich auch nicht!"

Susi hatte das Kunststück fertig gebracht, die leibliche Schwester von Jusak Sadrokiri ausfindig zu machen und sie dazu zu bewegen, mit ihr in die Schweiz und dann von dort zurück in ihre Heimat zu kommen. Da in Indonesien die meisten Familienmitglieder einen etwas anderen Namen tragen, blieb sie am Zoll nicht im Raster gesuchter Personen hängen. So konnte Maria Sadakani ungehindert ausreisen und in der Schweiz als Touristin mit dem entsprechenden Visum einreisen. Dass an den jeweiligen Passkontrollen die Nerven schon etwas zitterten, war ganz verständlich.

Susis Eltern und Grosseltern nahmen Maria herzlich auf, denn sie war ein samthäutiges, liebevolles, hübsches braunes Mädchen, nein, eine junge Frau von gut zwanzig Jahren, die ein feiner Herr aufs schändlichste missbraucht hatte. „Man kennt das ja von dem tollen französischen Herrn, dem in New York der Prozess gemacht wurde, der sich aber rausschwatzen konnte und keinem Giftmord zum Opfer fiel! Maria, willkommen bei uns! Ich kenne das Gefühl, ausgestossen zu sein!", erklärte Jaqueline, während bei diesen Worten Hermann leise und leer schluckte und dachte: „Ich hoffe, dass mein Kind eines Tages doch noch ganz darüber hinwegkommt!"

Nach den Verlobungsfeierlichkeiten erklärten Susi und Alfredo, dass sie entgegen der Tradition nun gemeinsam eine Verlobungsreise und nicht später eine Hochzeitsreise, unternehmen würden, und zwar in eines der noch grossenteils unerforschten Gebiete der Erde, nach Borneo. Niemand fragte, wo dies denn sei, obschon vermutlich längst nicht alle wussten, wo diese immerhin drittgrösste Insel der Welt liegt. Geografie ist eben nicht die Stärke aller! Erstaunen war aber bei allen anzumerken.

Maria Sadakani staunte und staunte. Sie war sich ja einiges gewohnt aus den USA, aber hier muss doch das Paradies sein, von dem ihre Eltern oft erzählten. Warum nur blickten die meisten Menschen doch so unglücklich, finster oder gleichgültig in die Welt? Ein christlicher Missionar aus Deutschland hatte ihre Eltern dazu gebracht, diesen Glauben anzunehmen. Darum hiess sie wohl auch Maria. Aber wie sagte schon vor langer Zeit mal ein Moslem, der in Europa weilte? „Die Christen müssten erlöster aussehen, dass ich an ihren Erlöser glauben könnte!"

Diesen Eindruck bekam auch Maria, die aber trotzdem auf den Erlöser hoffte und an ihn glaubte, wenn sie an ihre Kindheit in der Nähe des Dschungels auf der Insel Borneo zurückdachte. Denn so konnte das Leben doch keinen tiefen Sinn machen! So dachte sie schon damals und hob sich mit solchen Gedanken meilenweit ab von der Denkweise ihres Volkes, die zufrieden waren mit Essen, Trinken, Schlafen, Geschlechtsverkehr und vielen Kindern. Ist das alles? Ist das der Sinn des

Lebens? Eigentlich schon viel und doch so wenig für ein Hirn, das denken, und ein Herz, das fühlen kann!

Susi schrieb weiter an ihrer Dissertation, Tag und Nacht, wie eine Verrückte, wobei der geplante zweite Teil wegen Nichtwissens und Faktennotstands nur noch ein kleiner Anhang wurde, nämlich „Geheime Gifte im Dschungel, Fluch und Segen, und sie warten immer noch auf ihre Entdeckung!"

24

Mergoscia im Versacatal mit seinen rund zweihundert Einwohnern ist ein sehr ruhiger Ort, sieht man einmal ab von den vielen Touristen. Der neue Nachbar des Rustico der Familie Grassmann war ein deutscher Geschäftsmann aus Frankfurt, der diese Stille oft zerriss, indem er mit seinem privaten Hubschrauber auf seinen eigens dafür gebauten Landeplatz anflog. Er kam dann immer vom Flughafen Agno-Lugano mit seiner lärmigen Hummel, wo er seinen Privatjet stationiert hatte. Er stellte sich mal kurz und knapp Susi vor, nannte seinen Namen und erklärte ihr, dass er die behördliche Erlaubnis habe, innerhalb der normalen Flugzeiten hierher zu fliegen, und dass er sie gewiss nicht stören würde.

„Kann man da wirklich nichts machen?", fragte sich Susi. „Das passt ja wie die Faust aufs Auge. Mir ist schon aufgefallen, dass sein Rustico eher ein kleiner Palast ist. Den Hubschrauberlandeplatz sah von uns allen niemand bei der Besichtigung! Muss mich mal bei den Behörden erkundigen!" Interessanterweise sprach aber niemand von den Behörden des Dorfes und der ganzen Region deutsch. Der Verkäufer in Locarno meinte: „Ach, habe ich das ihnen nicht vor dem Verkauf erklärt? Entschuldigung, aber Herr Dr. jur. Jürgen Kaltschmitt kommt ja nicht jeden Tag vorbei! Ja, er hat eine Sondergenehmigung von den obersten Kantonsbehörden in Bellinzona. Es wäre nicht gut, sich mit ihm anzulegen, denn er ist ein grosser Gönner und Sponsor des halben Kantons Tessin. Und ihm gehören viele Liegenschaften, Betriebe und Geschäfte hier im Locarnese. Er schaffte dadurch auch viele Arbeitsplätze und ist ein gerne gesehener Urlaubsgast, ja nahezu ein Einheimischer:

„Ach so ist das!", konstatierte Susi. „Gewiss auch Multimilliardär und heimlicher Chef der Region hier, nach dessen Pfeife alle tanzen!"

„Seine Vermögensverhältnisse sind mir nicht bekannt. Aber der Mann steht an der Spitze eines weltweit tätigen Unternehmens in Frankfurt. Er fliegt stets zwischen New York und Shanghai, zwischen Singapur und Johannesburg hin und her. Darum sucht er hier ab und zu die Ruhe!"

„Und bringt damit andere und natürlich völlig unbedeutende Leute hier um *ihre Ruhe!*"

„Aber ich bitte Sie, ein- oder zweimal im Monat! Im Gegenteil, er bringt Leben in die Bude!"

„Und Sie offerieren mir einen Nachlass des Kaufpreises unseres Rusticos wegen Nichterwähnens dieses Störenfriedes!"

„Vergessen Sie das. Wir haben keine Tonbandaufnahme des Verkaufsgespräches."

„Doch, auf meinem iPhone!"

„Okay, aber da wäre vor Gericht nicht gültig! Machen Sie keine Dummheiten. Sie hätten immer und in jedem Fall eine dicke Zwei am Rücken!"

„Darum lieben wohl die Schweizer die Ausländer so sehr!"

„Sie sind ja auch eine Ausländerin!"

„Wollen Sie meinen Schweizer Pass sehen?"

„Made in USA by Swiss Ambassy? Danke! Nicht nötig! Ich habe übrigens jetzt zu tun!"

„Natürlich! Ich auch! Vergessen Sie aber die Presse und die Stimmung der Bevölkerung nicht ganz!"

„Eine Idee, gnädige Frau! Für eine gemeinsame Nacht zusammen könnten wir ja noch einmal über einen gewissen Nachlass reden!", meinte der wirklich dreiste Immobilienhändler!"

„Scheren Sie sich zum Teufel. In der Hölle ist es auch Nacht. Geniessen sie diese mit seiner Grossmutter. Übrigens: Auch dieses Gespräch habe ich nun auf meinem iPhone, Sie Österreicher!"

„Ich? Warum?

„Wegen der ‚gnädigen Frau'! So etwas hört man doch nahezu nur dort. Ich bin aber sehr ungnädig!", zischte Susi und knallte die Türe zu.

25

Der Flug nach Jakarta war lang, sehr lang, aber alles andere als langweilig. Alfredo und Susi waren so verliebt und hatten sich so viel zu erzählen. Sie platzten vor Neugierde, was die mit ihnen fliegende Maria in Borneo von ihrem Bruder und ihren Eltern erfahren würde und wie die Aufnahme der fremden Europäer dort werden würde.

Beim Auschecken in Jakarta schlug ihnen die Tropenluft, schwül und feucht, wie eine Ohrfeige entgegen. „Gewöhnt man sich mit der Zeit daran?", fragte Susi.

„Wir müssen, sonst nehmen wir an diesem Flughafen bald wieder Abschied von Indonesien!"

„Ohne Ergebnisse? Nein, auf keinen Fall!", erwiderte sie.

„Maria aber strahlte: „Noch nicht ganz, aber bald bin ich wieder in meiner Heimat! Und das Klima hier ist einfach wunderbar!"

„Du bist schon in deiner Heimat, Maria!"

„In Indonesien, ja, aber die Heimat ist Borneo!"

Die Riesenstadt Jakarta verschluckte sie nicht. Sie buchten in einem Hotel in der Nähe des Flughafens und wollten so schnell wie möglich weiter nach Banjarmasin auf Borneo weiterfliegen. Nur, das war nicht einfach, denn wer fliegt schon an einen solchen Ort, wenn dieser auch 600'000 Einwohner zählt. Einmal die Woche, wenn's gut geht, flog eine alte Rumpelmaschine, die vermutlich nur noch vom Dreck zusammengehalten wurde und deren Passagiere noch jede Menge Haustiere wie Hühner und kleine Schweinchen mit an Bord nahmen.

„Das wird wohl ein Gegacker und Gegrunze werden", lachten die beiden Verlobten unternehmungslustig und meinten: „Dann hört man das Stottern der Propellermotoren weniger!"

Der Flug von Jakarta an die Südküste von Borneo würde mit einer modernen Maschine nicht lange dauern. Aber sie waren lange, sehr lange unterwegs. Der Flug war ein Erlebnis der besonderen Art, denn Meer und Luft waren ziemlich rau. Es schaukelte und schüttelte manchmal bedenklich. Wenn die Propellermaschine in ein Luftloch absackte, so glaubte man, der Magen käme einem zum Halszäpfchen hinaus. Endlich setzten sie zur wackeligen Landung an. Jetzt wussten sie, warum keine modernen Maschinen eingesetzt wurden, denn sie setzen auf einer Graspiste auf, die kein eigentliches Rollfeld war. Die paar Blechhütten am Ende waren auch kein eigentliches Flughafengebäude. Und das Gepäck nahm man am besten gleich selbst in die Hand. Wer weiss, ob man es sonst wieder finden würde.

„Das hier ist meine Heimat!", bemerkte Maria mit glänzenden Augen. „Ja, ich weiss, das ist nicht New York oder Paris oder London, aber hier bin ich zu Hause! Kommt, ich führe euch zu meinem Elternhaus!"

Die Stadt befindet sich auf einer Deltainsel in der Nähe der Mündung etlicher Flüsse. Sie wird darum regelmässig von Hochwasser heimgesucht und überschwemmt. „Gemütlich hier, nicht?", meinte Alfredo etwas spöttisch. „Aber dies ist noch lange nicht das, was uns im Dschungel erwartet!" Überall wurden die beiden Fremden unauffällig angestarrt.

„Wie viele Menschen leben denn hier, Maria?", fragte Susi beiläufig, als sie durch die zum Teil sehr ärmlichen, aber relativ sauberen Strassen und Gassen schlenderten.

„Nun, das weiss niemand so genau! Sieht alles aus wie ein grösseres Dorf, nicht? Etwa vor zehn Jahren lag die Schätzung bei etwa 600'000 Menschen. Ob das heute eine Million oder mehr sind, wen kümmert das? In kleinsten Hütten leben oft ganze Grossfamilien mit zehn oder fünfzehn Leuten, mit Federvieh und anderen Haustieren! Und tausende von Hütten sieht man unter den riesigen Bäumen gar nicht, so sieht alles aus wie ein paar Häuser in der Nähe des Meeres."

„Unglaublich! Und auch mit Kakerlaken, Geckos und weiteren Viechern?"

„Die sehen wir gar nicht mehr! Und kommt mal eine Schlange gekrochen, wird diese gegessen. Das ist sogar ein Festschmaus!"

„Scheusslich!"

„Warum? Die Franzosen essen doch auch Schnecken, Froschschenkel, Austern, möglichst wenn diese noch etwas zucken! In Afrika sind Ameisen oder grosse Ratten eine Delikatesse, und in China köpfen sie die Schädeldecke lebender Affen, die am Tisch angebunden sind, und löffeln ihr Gehirn aus. Nicht dass ich das gutheisse, aber es ist alles eine Sache der Betrachtungsweise!

Hier aber findest du mehr zufriedene Menschen, trotz Überschwemmungen und manchmal Hunger als in euren Grossstädten! Wisst ihr, was uns richtig hilft? Der Glaube, sei es an Mohammed, Christus oder Buddha. Nur ich fürchte, das ändert sich auch hier, und zwar rasant, denn Internet, Handys, Facebook und viele andere ‚Segnungen' des Westens kommen auch zu unserer Jugend! Wenn wir keine Elektrizität haben, so laufen dafür Generatoren, die Strom erzeugen.“

„Warum bist denn du eigentlich weg nach Amerika?“

„Das ist eine lange Geschichte. Ich wollte mal das gelobte Land sehen, denn ich hatte Träume und Visionen und fand einen heuchlerischen Dreckhaufen!“

„Du gehst schon etwas zu hart ins Gericht!"

„Kann sein, aber die Grundtendenz treffe ich damit."

„Es gibt überall sogenannte schwarze Schafe. Auch bei Euch mit den verrückten Islamisten und Terroristen, mit der Scharia und dem heiligen Krieg! Kein Krieg ist heilig!"

„Und von wem haben wir das gelernt? Kennt ihr die Geschichte des Christentums?"

„Ja, wir wissen vieles, wenn auch nicht alles! Aber auch die Geschichte des Islams hat es in sich. Immer und überall Ströme von Blut, und man lernt so wenig daraus! Man kann sich fragen, wer hat damit begonnen. Das ist wie die Frage: Was war zuerst, das Huhn oder das Ei!"

„So, hier ist der Palast meiner Eltern und meiner Geschwister. Lasst uns eintreten. Ich konnte uns nicht ankündigen, denn hier ist kein Telefonanschluss!"

Sie traten alle etwas scheu und befangen in eine Hütte aus Wellblech, Bambus und Palmblättern, in den einzigen Raum, in dem gelebt, gekocht, geschlafen, geliebt und gestorben wird. Mit der Verständigung wurde es schwierig, aber nicht unmöglich, denn die Familie sprach gewiss einen Eingeborenen-Dialekt, aber Marias Bruder, Jusak Sadrokiri, beherrschte etwa 2000 Worte Englisch. Und für diese Welt genügte das, um sich zu verständigen.

Die Begrüssung für Maria war liebevoll. Für ihre Gäste geheimnisvoll und undurchsichtig, richtig asiatisch, voller reservierter Freundlichkeit und kaschiertem Misstrauen, einfach mysteriös. Aber alle wurden gebeten, Platz zu nehmen auf einfachen Schemeln, Kissen und anderen Sitzgelegenheiten, die aber nicht bequem sind für europäische Beine. Zuckersüßer Tee wurde bald in winzigen Gefässen serviert. „Falls jemand die Toilette sucht, die ist hinter dem Haus bei einem Baum, allerdings ohne Spülung!", erklärte lächelnd Maria.

„Wir wussten schon seit eurer Landung, dass ihr kommt! Wir wissen auch, wer ihr seid und danken, dass ihr Maria heimgebracht habt!", erklärte Jusak, der Mörder.

„Woher wissen Sie denn das?"

„Wir haben uns oft geschrieben, und unsere Leute hier sind schneller als das Telefon", lächelte Maria. „Jusak hat uns nur nicht abgeholt, um mich zu prüfen, ob ich das Haus hier noch finde!", meinte Maria, weiterhin mit ihrem geheimnisvollen asiatischen Lächeln, das niemand so richtig deuten konnte ausser ihren Leuten. Acht Brüder und vier Schwestern, letztere etwas im Hintergrund, wie sich das hier offenbar gehört, sassen zu dieser Teerunde zusammen, und alles wartete nun, bis das Haupt der Familie, bis der greise aussehende Vater das Wort ergriff. Hier spielt Zeit keine Rolle. Ist das nicht ein kostbares Gut, das der westlichen Welt abhanden gekommen ist?

„Auch ich heisse euch willkommen auf Borneo. Meine erste Frage: Seid ihr gute Christen? Wir hier wollen es sein, auch wenn wir noch mehr nach den Alten Testament leben als nach dem Neuen, wo es heisst: ‚Auge um Auge, Zahn und Zahn'! Das passt besser in unseren Kulturkreis!"

„Wir sind beides junge Ärzte und miteinander verlobt! Wir glauben auch an Gott und Christus, haben aber oft zu wenig Zeit, um in die Kirche zu gehen!" antwortete Alfredo.

„So! Ihr sorgt also für den Leib der Menschen und lässt die Seele verhungern? Schade!"

„Nicht nur, denn Leib und Seele hängen zusammen, bis der Tod eintritt!", entgegnete Alfredo.

„Also, wir danken euch, dass ihr Maria zurückgebracht hat. Darum seid ihr willkommene Gäste. Unser Haus ist auch euer Haus! Aber das ist sicher nicht der einzige Grund eurer langen und weiten Reise!", übersetzte Jusak weiter die Worte des alten Patriarchen.

„Ihr Sohn Jusak hat die Schmach eurer Tochter Maria in den USA gerächt!" Alfredo vermied das Wort Mord und Vergewaltigung bewusst. „Die Polizei hat herausgefunden, dass der Kerl, ein hohes Tier in St. Louis, mit einem unbekannten Gift ums Leben kam, das aus den Tropen Asiens stammen müsste. Als Ärzte suchen wir diese Substanz, denn was für den einen den Tod bringt, kann für andere Heilung und Leben bedeuten."

Daraufhin meinte Jusak: „Kennt ihr die ganze Geschichte meiner Schwester?"

„Nein, das müsste sie uns freiwillig erzählen, denn wir stöbern nicht im Privatleben anderer herum!"

„Gut, also in Kürze! Maria hörte, dass in New York Haushalthilfen gesucht würden, mit einem guten Lohn, mit dem sie die ganze Familie hier zum Wohlstand bringen könne. Die Reise in die USA würde organisiert und bezahlt. So ging sie, wie wohl unzählige andere voller Hoffnung auf die grosse Reise und landete in einem Edelpuff. Schlau, wie sie ist, flüchtete sie bald und reiste mit ihren wenigen Dollars nach St. Louis. Für eine Heimreise fehlte ihr das nötige Geld, also arbeitete sie dort ungestört zu einem miesen Lohn als Zimmermädchen in einem Hotel. Eines Tages kam dieses Schwein und vergewaltigte sie. Als sie den Namen des nobeln Henn kannte, schrieb sie mir. Und ich rächte sie ein halbes Jahr später, musste aber sofort aus den USA fliehen und konnte sie nicht heimnehmen. Es war also kein Mord, nach unserer Auffassung hier, sondern eine gerechte Strafe. Bei uns gilt eine Frau, die ihre Unschuld verloren hat, nichts mehr. Sie ist weniger wert als eine streunende Hündin."

„Eine gerechte Strafe, wenn auch nicht gemäss unseren Gesetzen. Jusak, wir wollen

von dir nur wissen, woher kommt dieses unbekannte Gift?"

„Gut, also auch die andere Story! Wir leben
hier vor allem von Landwirtschaft, von den
Früchten des Meeres und des Dschungels,
von edlen Hölzern. Ich war im Tropenwald auf
der Suche nach seltenen Orchideen, die in
Japan und anderswo für teures Geld gekauft
werden. Plötzlich wollte mich ein anderer
Orchideensucher mit einem Gewehr umbrin-
gen. Aber ein alter Japaner, vermutlich stein-
alt, der sich seit der Zeit des Zweiten Weltkrie-
ges versteckt hielt, erschoss den Mann mit
einem vergifteten Pfeil. Ich kehrte dankbar in
seine Baumhütte ein und erzählte, dass der
Krieg schon über sechzig Jahre vorbei sei,
Indonesien ein freier Staat und die USA und
Japan befreundete Nationen seien. Er meinte,
dass er zu alt sei zu einer Rückkehr und hier
in den Riesenbäumen bald zu seinen Ahnen
eingehen würde. Dann zeigte er mir das Gift
seiner Pfeile, nannte mir aber nicht den Namen der Pflanze oder des Baumes, von der er
den Teufelsstoff entdeckt hatte. Vermutlich
hat dieser Baum oder was es auch ist, noch
gar keinen Namen. Er gab mir eine kleine
Ampulle mit aus einer alten Armeeapotheke
der Japaner, für den Fall, dass ich mal jemand
schnell und lautlos um die Ecke bringen

müsste. Dann schickte er mich weg mit den Worten: Ein kleinster Tropfen davon genügt, um einen Elefanten umzulegen! Der Wald hier ist voller Grauen, aber auch voller Wunder. Für dich aber ist hier kein Bleiben, denn du würdest vermutlich keinen Monat überleben. Allein die Suche nach Nahrung und Wasser füllt den halben Tag aus. Und wenn man Fieber oder sonst was bekommt, geht man daran zugrunde. Gehe zurück in die verrückte Welt, in der es für mich keinen Platz mehr gibt. Der Kaiser ist nicht mehr Gott, Todfeinde sind Freunde, das eroberte Gebiet ein eigenes Land, meine alten Freunde längstens tot. Ich war damals als siebzehnjähriger Soldat ausgezogen worden, um die Welt zu erobern. Somit muss ich jetzt bald gegen 90 Jahre zählen!"

„Yusak, warst du nie mehr bei dem Mann im Dschungel?"

„Doch, aber ich fand in der zerfallenen Baumhütte nur noch ein Gerippe, betete und bestattete ihn und schlich mich traurig wieder nach Hause!"

„Würden Sie mit uns noch einmal zu jener Stelle aufbrechen?"

„Warum denn um Himmels willen? Hoffen Sie wirklich, den Baum, die Pflanze oder das Tier zu finden, von dem diese geheimnisvolle Substanz kommt? Wissen Sie, wie viele Tausende Möglichkeiten es gibt in dieser Hölle?"

„Nein, aber ich kann mir vorstellen, dass es unmöglich viele sind. Um das alles herauszufinden, müsste sich eine Expedition mit hundert Wissenschaftlern vermutlich für ein Jahr im Dschungel vergraben. Und dies würde eine solche Aufmerksamkeit erwecken, dass die Regierung in Jakarta dafür gar keine Bewilligung erteilen würde, sondern selbst an die Arbeit gehen wollte!"

„Richtig! Also, warum nochmals zu jener zerfallenen Hütte, die inzwischen vielleicht von Lianen und anderen Urwaldpflanzen überwuchert ist? Hoffen Sie doch noch auf das Unmögliche?"

„Ja und doch auch nein! Wir wollen aber vor unserer Rückkehr diesen geheimen Ort mit eigenen Augen gesehen haben! Was braucht man an Zeit und Ausrüstung dazu?"

„Zwei Tage hin und zwei zurück, wenn alles gut geht. Etwas Proviant, guten Mut, Gottes Hilfe und vor allem eine Machete, um den Weg freizumachen!"

26

Kurze Zeit später waren sie auf einem Trip, den sie ihr Leben lang nicht mehr vergessen würden. Am meisten zu schaffen machte ihnen etwas, an das sie gar nicht dachten, nämlich diese grausame schwülwarme tropische Luft, die man nahezu mit Messern schneiden konnte, und die grausamen Mücken- oder Moskitosschwärme, die einem nahezu wahnsinnig machten. Auch dass man weder Tag und Nacht kaum unterscheiden konnte, denn Sonnenlicht brach hier unter den Riesenbäumen höchst selten etwas fahl durch. Ihre Füsse waren bald wund gelaufen und voller Blasen, denn Europäer oder Amerikaner laufen nicht das ganze Jahr barfuss herum und haben keine Fusssolen wie Leder oder Beton. Ohne Schuhwerk hier durch den Dschungel zu schleichen, wäre praktisch auch einem Selbstmord gleichgekommen.

Der Dschungel lebt – und wie! Schlägt man sich mit der Machete einen Weg frei, muss dieser nach zwei Tagen schon wieder frei geschlagen werden. Das braucht Armmuskeln aus Stahl. Dann stolpert man über Wurzeln, faulendes Holz, tritt plötzlich in einen Morast, von dem niemand weiss, wie gross und tief er ist.

„Und hier holt ihr die Orchideen?", stöhnte Susi, „in dieser Hölle?"

„Ja, und wir sind nie sicher, ob bei einzelnen Arten auch Gift vorkommt! Aber Achtung, aus dem Baumstumpf, auf dem Sie gerade sitzen, kriechen etwa tausend fette Raupen hervor. Wollen Sie grillieren und essen?"

„Pfui Teufel!", schrie Susi und schoss vom fauligen Holz hoch. „Überall lauert hier Scheussliches!"

„Für Westler schon", lächelte Jusak. „Für uns ist das Alltag und besser als der Verkehr in der Stosszeit in New York."

Riesenspinnen, Schlangen aller Art, Reptilien und Chamäleons, Tiere, die sie noch nie gesehen hatten, schneidende Lianen und riesengrosse Farne, ungewohnte und noch nie gehörte Geräusche und Stimmen, hielten sie auf Trab und in einer ständigen nervöser Vorsicht und Alarmbereitschaft. „Vier Tage in diesem Inferno, und wir altern dabei vier Jahre!", klage Susi und schien am Ende ihrer Kräfte.

„Wollen wir umkehren? Die Baumhüttenreste des Japaners sind aber nicht mehr weit, Und die sicherste Nacht durchstehen wir dort, wenn euch die vielen Kunstturner der Affen nicht stören. Aber der Geist dieses Mannes kann uns vielleicht beschützen!"

„Aberglauben kann auch hier helfen oder uns gänzlich verrückt und verdreht machen. Also, schleppen wir uns weiter. Ich denke, noch etwa zwei Kilometer, was aber auf normalen Wegen eine halbe Stunde bedeutet, dauert hier je nach Witterung einen halben Tag! Was sucht ihr denn dort?"

„Eventuelle Aufzeichnungen des Einsiedlers, entweder in Japanisch oder Englisch!", erläuterte Alfredo. Die Chance dafür steht aber eins zu tausend!"

„Hier ist es!", seufzte Jusak. Ich klettere mal hoch und helfe euch beim Aufstieg!"

Die beiden sahen im dichten Blättergewirr noch rein nichts, aber Jusak hatte den Baum markiert und erkannte die verwaschenen Züge seiner damaligen Bezeichnung.

27

Im Hause Grassmann in Zürich ereignete sich in der derselben Zeit eine kleine, aber für sie grosse Tragödie. Kater Peter erlitt eine Krankheit an den inneren Organen, die nicht durch eine Operation in der Tierklinik behoben werden konnte. Er lag nur noch teilnahmslos herum und frass seit Tagen nichts mehr!

„Der Tierarzt empfiehlt, Peter einschläfern zu lassen. Eine Operation würde vermutlich nichts mehr bringen und kostet gegen dreitausend Franken", flüsterte Hermann betrübt seiner Frau Monika ins Ohr.

Sie nickte nur und weinte. Dann meinte sie schluchzend: „Aber bitte geh du zum Tierarzt. Ich kann nicht und will mich hier von Peter verabschieden. Kann man Tiere auch kremieren?"

„Ich glaube schon!", meinte Hermann verwundert.

„Bringst du ihn nachher heim, dass wir Peter auf der Terrasse in den Pflanzentöpfen begraben können? So ist er immer noch bei uns. Ich weiss, wir lachten früher über die Amerikaner mit ihren Tierfriedhöfen. Heute aber lache ich nicht mehr darüber, denn Tiere sind oft treuer als Menschen!"

„Ich versuche mein möglichstes! Und die dreitausend Franken, die die Operation gekostet und doch nichts gebracht hätte, stecke ich in meiner Kirche in den Opferstock. Ich will Gott dafür danken, dass Peter eine der Freuden unseres Alters war!"

„Ob sich Gott darüber auch freut?", fragte Monika ziemlich teilnahmslos.

„Er freut sich über die Dankbarkeit der Menschen!"

„Als sich Monika tränenreich von ihrem allerliebsten Kater verabschiedet und sich dann abrupt abgewandt hatte, schob ihn Hermann in sein Katzenkörbchen und fuhr ebenfalls betrübt in die Tierklinik. Zum Glück hielt Peter meistens seine geheimnisvollen und oft auch schalkhaft blinzelnden Augen geschlossen. Vermutlich war er schon dem Tode nahe, so fiel der Abschied leichter.

Als Hermann und Monika die Asche ihres Lieblings auf der Terrasse vergruben, waren sie still und traurig. Sie assen praktisch nichts an jenem Tag und tranken nur Kaffee und Mineralwasser, bis Hermann meinte: „So, jetzt behalten wir Peter in guter Erinnerung und beenden die Trauer. Schliesslich war er ein Tier und kein Mensch, und Tiere haben keine Seele!"

„Bist du dir ganz sicher?", erwiderte Monika.

Erstaunt antwortete er: „Wer ist sich einer Sache schon ganz sicher?"

28

Alfredo Cavalli kletterte wie ein Eingeborener auf den Baum zu den Resten der ehemaligen Hütte, so dass sogar Jusak staunte: „Wo haben Sie denn so klettern gelernt?"

„Bei den Grenadieren der Schweizer Armee, mein Junge. Da ging's an einem Seil über Schluchten, wie ich hier noch keine gesehen habe. Wir kletterten auf Felsen und Bäume wie die Affen, sogar in Kampfausrüstung. Das kommt einem sogar in Borneo zugute!", lächelte Alfredo, allerdings schweissüberströmt.

„Ihr habt eine Armee in der Schweiz? Zu was denn? Wollt ihr Europa erobern?", fragte Jusak erstaunt.

„Nein, nur verteidigen, wenn *uns* jemand erobern will! So etwas gab's nämlich schon in der Vergangenheit!"

„Aber doch jetzt nicht mehr!"

„Wir hoffen nicht! Aber wer weiss, was die Zukunft bringt! Jetzt will man nur das Geld und das Wissen klauen, und dafür taugt keine Armee!"

„Immerhin haben Sie klettern gelernt!"

„Ja, passt nur auf, vielleicht erobern wir eines Tages Borneo!"

„Wir würden ganz gerne zur Schweiz gehören. Ich war zwar nie dort, aber es muss ein Paradies sein!"

Alfredo wühlte nun in den Überresten des ehemaligen Baumhauses, fand einen alten japanischen Stahlhelm und eine Art Bajonett, alles verrostet und von Schlingpflanzen umwachsen. Sonst nichts! Wirklich nichts? Nein, halt, im Stahlhelm war doch eine Art Papier mit japanischen Schriftzeichen! Der Helm musste vermutlich so gelegen haben, dass in all den Jahren keine Nässe in ihn kommen konnte, denn das Papier war noch relativ gut erhalten. Mit klammern Fingern löste Alfredo diese Fetzchen vorsichtig und schob sie ebenso behutsam in eine Tasche seiner Dschungeljacke. „Nur, wer versteht hier Japanisch?", fragte er sich. „Müssen wir über Tokio nach Hause reisen?"

Er verheimlichte zunächst seinen Fund. Dieser konnte ja auch nichts bedeuten! Das Grab am Fusse des Baumes war unversehrt. Keine Tiere hielten diese Knochen wohl für Wert, sie auszugraben. „Warum haben Sie denn kein Kreuz aus zwei Holzästen darauf gemacht?" fragte Alfredo Jusak.

„Er war doch Japaner, und somit kein Christ!", antwortete dieser.

„Christus ist für alle gestorben!", reagierte Alfredo und suchte zwei geeignete Äste. „Es gibt sogar in Japan einige Christen!"

„Von euch, die ihr praktisch nie mehr in eine Kirche geht, kann man doch noch was lernen!", reagierte Jusak und half Alfredo beim Basteln einen kümmerlichen Kreuzes.

Und Susi betete still vor sich hin. Alles war irgendwie ein feierlicher Akt. „Wollen wir so schnell wie möglich zurück in die Zivilisation?"

„Ja, so schnell als möglich. Hast du da oben was gefunden?"

Sie blieben alle beim Du, während Alfredo meinte, „Ja, diesen Helm und dieses Bajonett, sonst nichts!"

Der Rückweg gestaltete sich wieder mühsam, geschah aber schneller als der Hinweg. Als sie die ersten Hütten von Banjarmasin erreichten, war das für sie tatsächlich die Zivilisation.

29

Die sogenannte Dusche bei der Hütte der Familie Sadrokini war gleich neben dem Plumpsklo. Einfach ein Bambusschlag mit einer Giesskanne voller Wasser an einem hohen Pfosten, die an einer Schnur bewegt werden konnte, um sich nach der Einseifung abzuwaschen. Als Alfredo mal musste, entdeckte er Maria unter der Dusche, die sich einseifte. Schön, graziös, wie die Venus, die Schaumgeborene aus der Muschel, bewegte sie sich und rieb sich genüsslich die Schenkel, den Bauch, die wohlgeformten Brüste, ja den ganzen Körper ein. War sie sich bewusst, dass Alfredo ihr fasziniert zuguckte? Dieser konnte wenig dafür, dass eine gewisse Erregung ihn erfasste, selbst wenn er in wenig faszinierender Pose auf dem Plumpsklosett sass. So viel Natürlichkeit, aber auch so viel Erotik, das hatte er noch nie gesehen! Als dann die Wasserperlen aus der Giesskanne über den braunen und makellosen Körper rannen und funkelten, musste er sich abwenden. Er war halt auch nur ein junger Mann aus Fleisch und Blut, und Susi hatte ihn sehr lange hingehalten. Schnell verschwand er in der Hütte, nachdem er sich, natürlich mit Gras, gesäubert hatte.

Am Abend meinte Susi zu ihm: „Du hast dich bewährt! Willst du mich heute Nacht zu deiner Frau machen?"

„Du hast uns also beobachtet?"

„Hier kann man, ob man will oder nicht, *alles* beobachten!"

„Wo werden wir uns lieben? In dem Einheitsraum für Mensch und Tier ist das wohl nicht möglich!"

„Neben der Dusche, Darling! Ist das recht?"

„Nein, es wird himmlisch werden!"

Es wurde für beide die Nacht der Nächte! Wäre während sie sich liebten eine Python- Würgeschlange oder ein giftiges Viehzeug an ihnen vorbeigeschlichen, so hätten sie nichts gemerkt. „Diese Nacht im Dschungel werden wir nie vergessen!", keuchte Susi, und Alfredo erwiderte: „Liebling, wir sind hier gar nicht mehr im Dschungel, sondern am Rande einer Grossstadt!"

„Ist es die Art der Schweizer Männer, alles besser zu wissen als die Frau?", lächelte sie.

„Das musst du doch wissen, dein Papa und Grosspapa sind doch auch Schweizer!"

„Du hast recht!"

Denkst du noch oft an Maria?"

„Nein, ich denke nur an dich. Weißt du, schöne Körper gibt es viele. Verführung liegt in der Art der Frau. Aber mein Herz gehört nur einer: *dir!*"

„Danke! Hast du wirklich auf dem Baum nichts gefunden?"

„Wundernase! Doch, aber wir wollen schweigen, bis wir hier weg sind. Dann erzähle ich dir alles. Vermutlich ist es unbedeutend!"

Maria, die die beiden mit flammenden Augen die ganze Zeit beobachtet hatte, schlich traurig davon und in die Hütte zurück! „Ich will sterben!", flüsterte sie zu sich selbst! Mich nimmt hier kein Mann mehr zur Frau. Und in den Westen zurück gehe ich nicht mehr!"

30

Der Abschied war kurz! Die beiden Welten, die verschiedenen Kulturen, liessen kaum eine enge Freundschaft aufkommen. Oder war der Grund ein anderer? Maria war nämlich nicht zu Hause, als Susi und Alfredo zum Hafen gingen, um mit einer Fähre nach Java und dort auf dem Landweg nach Jakarta zurückzukehren.

Nach einer stürmischen Überfahrt, bei der beide seekrank wurden und sich fast die Seele aus dem Leib spien und fürchteten, das Festland nie mehr lebend zu erreichen würden, gelobten sie sich, nie mehr in diesen Gewässern zu schippern. Selbst der Kapitän des Schiffes meinte: „Es hat diesmal ganz ordentlich geschüttelt und gewankt, aber wir sind dies gewohnt! Hier herrscht noch die Natur und nicht der Mensch!"

Endlich in Jakarta, nach langer Busreise, die es auch in sich hatte, trotz Klimaanlage oder gerade wegen der, die eiskalt eingestellt war, plagten beide eine totale Heiserkeit und ein hartnäckiger Husten. „Nun sind wir Ärzte, und haben nicht einmal ein Mittel gegen so was Alltägliches!", krächzte Susi.

„Aber in einer grossen Apotheke vielleicht schon!", ergänzte Alfredo. „Komm, wir suchen eine solche."

Tatsächlich, nach einem Tag, einer Injektion und einigen Pillen und Säften wurde es soweit besser, dass sie sich wieder einigermassen artikulieren konnten.

„Und nun zu meinem ‚Geheimnis'! Siehst du diesen verwitterten und steinalten Zettel auf einem Papier, das heute vermutlich nicht mehr fabriziert wird?"

„Ja, was ist mit dem?"

„Der stammt aus der ehemaligen Baumhütte des Japaners! Darum suchen wir hier ein Übersetzungsbüro, das von Japanisch wenigstens ins Englische dolmetschen kann!"

„Du machst mich richtig neugierig!"

Die Übersetzung lautete: „Ich, Soldat der Kaiserlichen Armee Japans, verschollen hier im

Dschungel, abgeschnitten von meiner Einheit, lebe Jahr für Jahr hier und weiss nicht, ob der Krieg noch weitergeht. Meine Kräfte gehen langsam zu Ende, und ich werde wohl in meiner Hütte für immer die Augen schliessen und zu den Ahnen eingehen. Kürzlich sah ich fremde halbnackte Gestalten herumziehen und versteckte mich, denn ich habe schon lange keine Munition mehr, nur noch meinen Säbel, um mich zu wehren. Diese Gestalten schnitten an einem Farn oder Strauch herum, den ich noch nie beachtet oder gesehen habe. Eine milchige Flüssigkeit trat aus den Blättern hervor, die sie sorgsam einsammelten. Es mussten vermutlich Eingeborene sein, die noch Menschenfresser waren. Sie strichen einem Gefangenen eine winzige Portion dieser Flüssigkeit in eine kleine Wunde, und der nackte Mann war in ein paar Sekunden tot! Es schaudert mich, das Nachfolgende zu schildern, denn diese Kannibalen rösteten und frassen doch tatsächlich ihr Opfer und begruben die Knochen in einem Loch, bevor sie weiterzogen. Ich zitterte am ganzen Leib und untersuchte nachher den Strauch, für mich namenlos, und sammelte die restliche Flüssigkeit auf. Nirgendwo fand ich in der Folge in der ganzen Gegend einen ähnlichen Strauch. Mit diesem Teufelssaft erlegte ich aber später einige Tiere, die mir anschliessend zur Nahrung dienten. Vielleicht könnte die japanische Armee mit diesem Gift ganze feindliche Heere vernichten. Leider kann ich nicht weiter schreiben, denn Papier und Schreibzeug gehen mir aus!

Gezeichnet: Okuniwa, Soldat der Einsamkeit! Es lebe der Göttliche Kaiser!"

Cavalli wurde sofort gefragt, woher er dieses Papier habe. „Gefunden!" war seine kurze Antwort.

„Gefunden ja, aber wo?" „Auf Borneo!"

„Borneo ist gross, sehr gross! Wo denn genau?"

„Ein paar Kilometer im Dschungel!"

„Ein paar Kilometer, das ist nichts! Die Insel ist über eintausend Kilometer lang und ebenso breit. Dort gibt es drei verschiedene Staaten!"

„Ich weiss. Wir sind auf der Hochzeitsreise und suchten das Aussergewöhnliche! Wir wollten Orchideen pflücken, ein paar Kilometer weg von der Stadt Banjarmasin, also auf indonesischem Staatsgebiet, zu Ihrer Beruhigung!"

„Das ist verboten!"

„Das wussten wir nicht!"

„Wir sehen von einer Anzeige gegen Sie ab, wenn wir das Papier hier behalten und an die Behörden weiterleiten dürfen!"

„Wir bekommen aber eine Kopie des Originals und die Übersetzung?"

„Was wollen Sie denn damit?"

„Reine Erinnerung an unsere Hochzeitsreise!"

Die Beratung ging hin und her in diesem Büro. Ein Stimmengewirr, das nahezu Kopfschmerzen bereiten konnte. Schliesslich kam der Chef und fragte: „Sie reisen jetzt heim?"

„Ja, morgen mit der British Airways!"

„Dann gute Reise. Und zu niemandem ein Wort. Das Ganze ist vermutlich ja doch nur ein Märchen. Sie lassen aber Ihre Personalen hier!"

„Gerne! Was kostet die Übersetzung?"

„Nichts! Das ist unser Geschenk zu Ihrer Hochzeit!", meinte der Chef mit glitzernden aber undurchsichtigen Augen. „Gute Reise!"

„Der gibt das Papier bestimmt nicht an die Regierung weiter, sondern versucht auf eigene Faust, diesen Strauch zu finden!", mutmasste Alfredo.

„Lass ihn doch. Dann wird der Dschungel ein paar weitere Opfer fordern!"

„Oder er wird ein reicher Mann! Vielleicht hätten wir das erst in der Schweiz übersetzen lassen sollen!"

„Auch dort gibt es genügend Glücksritter! Nur, arme Susi, deine Dissertation wird etwas dünner werden, sonst meinen die, die sie vielleicht trotz allem mal lesen, es sei ein Märchenbuch!"

„Wir haben ja ein Märchen erlebt! Aber in jedem Märchen, in jeder Sage, steckt ein Kern Wahrheit!"

31

„Endlich seid ihr wieder hier, willkommen zu Hause!", jauchzte Monika nahezu. Auch Hermann zeigte sich erfreut über das Wiedersehen und präsentierte seinem Enkel mit Stolz sein Reich. Sogar er umarmte Susi und war innerlich sehr berührt, dass sie diese Geste erwiderte.

„Deine Eltern sind zwar abgereist nach St. Louis. Aber jetzt kommt die freudige Nachricht: Sie wollen wieder in die Schweiz zurückkommen, und zwar für immer!" platzte Monika mit der Neuigkeit heraus.

„Wohin in der Schweiz?", fragte diese, nicht mal sonderlich überrascht.

„Natürlich in Zürich oder Umgebung!", erwiderte Hermann.

„So natürlich ist dies doch gar nicht. Es gibt noch viele schöne Orte in meiner Heimat!", lächelte Susi.

„Aber in Zürich bieten sich die meisten Möglichkeiten!"

„Übrigens: Alfredo und ich wollen oder vielleicht müssen bald heiraten! Nicht dass es uns so ergeht wie damals Mama!", erklärte Susi und merkte erst jetzt, dass sie aus Unbedachtsamkeit einen Fehler gemacht hatte. „Entschuldigung, Grosspapa!"

„Du hast gar nichts zu entschuldigen. Ich war damals ein Büffel, ein Mann ohne Herz. Darf ich dir dabei gleich eine Frage stellen?"

„Nur zu!"

„Kennst du deinen leiblichen Vater?"

„Ziemlich dumme Frage! Natürlich, mein Papa! Er ist damals Mama hinterher gereist und hat sie in den USA geheiratet!"

„Wusstest du das, Monika?"

„Seit einiger Zeit, ja!"

„Und warum hast du mir nichts gesagt!"

„Etwas Strafe musste doch sein, findest du nicht auch?"

„Ich war grausam, und ihr seid immer noch grausam! Kommt, wir trinken eine gute Flasche darauf, auch im Gedenken an Peter!", murmelte Hermann.

„Ja, wo ist Peter? Warum lässt er sich nicht blicken?", fragte Susi.

„Er ist im Katzenhimmel!"

„Ach wie schade! Habt ihr noch mehr traurige Mitteilungen?"

„Ja, Grosspapa muss sich erneut einer Chemo-Therapie unterziehen. Sie sei sehr wirkungsvoll und ganz neu aus den USA, und die Nebenwirkungen würden sich in Grenzen halten!", erklärte Monika mit Tränen in den Augen.

Die beiden Ärzte sahen sich an und nickten: „Die Medizin macht wirklich grosse Fortschritte, Opa. Du bleibst uns noch lange erhalten!"

„Ähnliches habe ich auch schon gehört! Versuchen wir es also noch einmal!", brummelte Hermann. „Und seid geduldig mit eurem alten Jammerer und quittiert seine Klagen einfach mit einem Lächeln."

„Regt dich das denn nicht auch noch auf, wenn man moralisch auf dem Hund ist?"

„Ich weiss es nicht! Versucht es einfach!"

Übrigens, die dreitausend Franken steckte Hermann bei einem der nächsten Besuche eines Gottesdienstes in den Opferstock „seiner" Kirche. Dabei dachte er: „Was ihr Oberen mit dem Geld macht, das ist eure Sache und Verantwortung. Ich habe diesen Batzen Gott gegeben, und *das* ist wichtig!

32

Alfredo Cavalli fand bald eine ansprechende Anstellung in einem Zürcher Spital, in dem auch Susi ihre ersten Schritte als Chirurgin versuchte. Das alles war weniger schwierig, als eine künftige gemeinsame Wohnung zu finden im total ausgetrockneten Wohnungsmarkt.

Ihren Giftflakon von Jusak aus Indonesien hielten sie vorläufig in einem Banksafe aufbewahrt. Es war für sie doch zu unheimlich, diese Bombe irgendwo in Griffnähe zu haben. Vielleicht würden sie die milchige Flüssigkeit mit einem entsprechenden Bericht der toxikologischen Abteilung ihres Krankenhauses vermachen, die damit weitere Forschungen anstellen konnte, wenn ein finanzieller Etat dies erlaubte.

Dann planten sie ihre Hochzeit, aber nicht im Tessin, denn Hermann war durch die erneute Chemo sehr geschwächt und wollte auch dabei sein. Alfredos Eltern, die von der Mitteilung ihres Sohnes erfreut, aber auch total überrumpelt wurden, verunglückten leider tödlich bei einem Autounfall an der kroatischen Küstenstrasse. Ein Augenblick der Unaufmerksamkeit genügte, und ihr Wagen schoss über das Geländer hinweg in die Tiefe der dort sehr steilen und felsigen Küste. Der Wagen fing Feuer und brannte wie Zunder. Der Hochzeitstermin wurde wegen dieses Schicksalsschlags um ein Vierteljahr verschoben. Wie nahe sind sich Freude und Leid doch immer im Leben!

Die Trauerfeier in Locarno fand unter grosser Beteiligung und mit vielen Blumen statt. „Nur von Trost, von Mitgefühl, von Wärme war wenig zu spüren, und das liegt nicht einfach an der Sprache, die ich nicht voll beherrsche!", klagte nachher Monika ihrer Enkelin Susi. „Ich bin aber überzeugt, dass in Hermanns Kirche, die es ja hier auch geben soll, mehr Herzenswärme verspürt worden wäre. Wie nimmt denn dein Verlobter diesen schweren Schicksalsschlag?"

„Eigentlich ziemlich gefasst! Er sprach immer sehr wenig oder gar nichts von seiner Familie. So gar nicht die südländische Art. Irgendetwas schien da nicht so in Ordnung zu sein.

Aber ich will nicht in ihn dringen. Er muss schon von selbst auf mich zukommen!"

„Das wird er auch, meine liebe Grosstochter! Komm, wir gehen so schnell wie möglich noch in unser Rustico nach Mergoscia und dann bald wieder nach Hause. Ein Leidmahl gibt es hier nicht. Das ist im Tessin nicht vorgesehen!"

„Dürfen Alfredo und ich noch ein wenig hier bleiben, um die Hochzeit in aller Ruhe vorzubereiten?"

„Selbstverständlich. Rufst du mich an, wenn ihr Fragen oder schon Ergebnisse habt?"

„Gerne, wenn du willst jeden Tag!"

33

Hermann litt vermutlich unsäglich! Aber das Blut wurde wieder besser. „Das ist ein Auf und Ab wie bei einer Achterbahn!", maulte er zu seinem Onkologen. „Ich glaube aber, das ist meine letzte Rosskur!"

„Ist sie so schlimm wie die vorhergehenden?"

„Nicht so schlimm, nein! Aber immer noch happig!"

„Aber wenn es um Leben oder Tod geht, versucht man alles und gibt alles! Hab ich recht?"

„Ja, Doktor! Aber man wird müde, sehr müde dabei!"

„Glauben Sie mir, sogar das geht vorbei!"

„Ja, der Tod ist der Bruder des Schlafes! Dann ist man vermutlich nicht mehr müde!"

„Was soll ich denn dazu sagen?"

„Am besten nichts!"

„Doch! Nur noch eins! Gehen Sie bitte nicht mit dieser miesen Stimmung nach Hause. Selbst wenn ich Sie verstehen kann, aber Ihre Frau hat das nicht verdient!"

„Doktor, machen Sie sich mal keine Sorgen wegen meiner Frau. Ich habe gelernt, mit zwei Gesichtern zu leben. Wissen Sie, ein sogenannter Januskopf! Den tragen übrigens viele Menschen, aber völlig unbegründet!"

Zu Hause aber zeigte Hermann ehrlich und aufrichtig ein freundliches und freudiges Gesicht, denn aus den USA waren seine Tochter Jaqueline und John, jetzt wieder Hans genannt, angereist. Er wollte seine neue Arbeitsstelle bereits übernächste Woche antreten. Und eine Mietwohnung hatten die beiden auch gefunden. „Allerdings zu einem blödsinnigen Preis!", konstatierte Jaqueline. „Aber bei den hier üblichen Hypothekarzinssätzen werden wir das Objekt eventuell mit einem Miete/Kauf-Vertrag übernehmen!"

„Darf ich euch dabei noch etwas unter die Arme greifen?", meinte Hermann. „Ich bin einfach so dankbar, dass alles so kam, wie es nun ist!" Monika staunte und nickte aber glücklich.

„Wir könnten noch einen Abstecher ins Verzascatal nach Mergoscia unternehmen! Eure Susi ist mit ihrem Verlobten schon dort!"

„Glänzende Idee! Aber wir wollen nicht dreinschwatzen bei der Planung ihrer Hochzeit!"

„Ich möchte aber schon noch, dass der Herr Doktor Cavalli bei mir um die Hand unserer Tochter anhält!", lachte Hans oder John Müller.

„Nun, der will wohl nicht nur die Hand, sondern hat auf der Indonesienreise noch von ziemlich mehr Besitz ergriffen!", erwiderte Hermann.

„Das war ja ein Ding, das mit dem unbekannten Gift. Meint ihr nicht, sie sollten dieses mal Fachleuten zur Untersuchung geben? Vielleicht entdecken diese etwas Sensationelles!"

„Ich glaube, das haben sie vor. Vielleicht werden wir alle noch berühmt!"

„Oder vom Staat Indonesien angeklagt!"

34

Die Wiedersehensfreude in Mergoscia war riesengross für alle. Diese wurde nur jäh unterbrochen durch ein ohrenbetäubendes Geknatter vom Hubschrauber des Nachbarn. „Was ist denn das, Teufel noch mal? Ist der Krieg ausgebrochen, oder spinnt unsere Armee wieder einmal mehr mit ihren Indianerspielen?", fragte Hermann.

„Nein, das ist nur unser stinkreicher deutscher Nachbar mit einer Spezialbewilligung für seine Spinnereien. Er sucht hier auch Ruhe, und macht zuvor einen höllischen Lärm!", erklärte Susi.

Kann man da nichts machen oder wenigstens einen Preisnachlass verlangen bei unserem Immobilienheini?", fragte Monika ganz erzürnt über die Dreistigkeit gewisser Leute.

„Bei der Regierung ist es nicht möglich. Der Herr ist ein Wohltäter des Tessins, macht überall Donationen und schafft scheinbar sogar Arbeitsplätze. Und der Immobilienheini gibt einen Nachlass für eine Nacht mit mir."

„Bist du verrückt?"

„Nein, er! Ich habe das Gespräch sogar aufgenommen. Wollt ihr es hören?"
Alle nickten wortlos, und anschliessend drohte Alfredo: „Diesen Sauhund bringe ich um!"

„Würde ich nicht, ausser du willst unsere Hochzeit um mindestens fünfzehn bis zwanzig Jahre verschieben! Aber pass auf mich auf, Alfredo! Du siehst, ich habe auch noch Chancen, nicht nur du in Indonesien!", flötete Susi.

„Wenn man vom Teufel spricht, so kommt er!", heisst ein altes Sprichwort. Es klingelte an der Türe des schönen Rustico, und draussen stand, man glaubt es kaum: Maria, die schöne Braune aus den USA und aus Indonesien! Nun, sie sah wirklich nicht aus wie ein Teufel, eher wie ein etwas gefallener Engel, was der Teufel gemäss biblischer Überlieferung ja auch ist.

„Woher kommen denn Sie, Maria?", fragten alle ganz aufgeregt. „Kommen Sie erst mal hinein! Haben Sie Hunger und Durst?"

Maria nickte nur und weinte!

Erschrocken, total überrascht, wenn nicht sogar sehr verunsichert waren alle im Rustico über Marias Auftauchen. Warum und wie hatte sie die lange und weite Reise zu ihnen gemacht. Nachdem sie sich etwas gestärkt hatte mit ein paar Bissen und einigen Schlucken, begann sie in Englisch und etwas Deutsch: „Ich komme, um euch zu warnen. Meine Familie wurde abgeführt und vermutlich lebt niemand mehr. Mich haben sie nicht erwischt! Ich konnte abhauen und mich durchschlagen in die Schweizer Botschaft. Dort gewährte man mir eine Ausreise in die Schweiz. Nachher sollte ich in die USA, wo ich ja eigentlich herkomme und hingehöre, meinte ein Botschaftsangestellter. Schuld ist das verdammte Gift, mit dem mein Peiniger in den USA umgebracht wurde und über das Alfredo und Susi mit meinem Bruder gesprochen hatten. Wie ich bruchstückweise aus den ersten Vernehmungen unter Folter an Jusak im Elternhaus hörte, erzählte dieser von dem alten Japaner und dessen Hütte, die ihr besucht hattet. Es muss eine Aufzeichnung von jenem Mann geben, die das Oberkommando der Armee brennend interessiert. Alle Mitwisser dieser Geschichte sollten umgebracht werden, damit eine neue Geheimwaffe entwickelt werden kann, von der nur höchste Kreise etwas wissen dürfen. In Jakarta wurde ein Übersetzungsbüro in die Luft gesprengt, und es gab auch dort mehrere Tote. Was habt ihr mir oder meiner Familie verheimlicht? Es muss was Schreckliches sein, denn gewisse Generäle träumen von der künftigen Unbesiegbarkeit Indonesiens!"

Maria schluchzte laut auf und meinte: „Auch Alfredo und Susi sind in Gefahr, denn der Geheimdienst hat überall seine Fäden und sucht euch fieberhaft!"

Alle sassen wie versteinert um den grossen Tisch im Rustico, bis Hermann der Kragen platzte und brüllte: „Ist denn die ganze Welt verrückt? Alle träumen einem Märchen nach, und der böse Fluch der Verhexten gehört doch ins Mittelalter, nicht in die Neuzeit! Aber eben, die Unbesiegbarkeit, dieser alte Traum von Despoten und Spinnern, lebt unausrottbar weiter. Die Menschheit hat es verdient, samt und sonders unterzugehen, dass endlich Frieden auf unserem Planeten einkehrt!"

Es wurde eine unendlich langer Abend und eine schlaflose Nacht, und zwar für alle!

Maria erwähnte noch: „Eure Reise wurde genau rekonstruiert und die Spur führt nach Zürich. Von dort ist das Ausfindigmachen eines Rusticos im Tessin ein Klacks für abgebrühte Halunken. Ihr hättet das Papier nicht in Indonesien übersetzen lassen sollen! „

„So habe ich mir meine letzten Erdentage nicht vorgestellt!", erklärte Hermann. „Da ist mein Krebsleiden direkt eine Geschichte für fromme Chorknaben. Ich muss trotz aller Brisanz darüber lachen, auch wenn es eigentlich zum Heulen ist. Kann man denn ein paar indonesische Spinner nicht am Flughafen Zürich abfangen und abschieben?"

„Nicht, wenn sie mit gefälschten Papieren als Japaner oder Koreaner reisen!"

„Aber wir haben hier noch eine Ampulle und schicken die Schnüffler zur Hölle!", erklärte Alfredo. Lassen wir sie kommen!" Meine Ausbildung als Grenadier war nicht ganz ohne!"

„Monika machte den Vorschlag: „Jetzt nehmen wir alle erstmals eine Schlaftablette und ruhen uns aus. Morgen beraten wir, was zu tun ist. Vielleicht sieht die Welt da schon wieder etwas anders aus!"

35

Nicht die Welt sah anders aus, aber die Situation der Rustico-Familie. Und zwar ganz anders. Maria versuchte nochmals mit aller weiblichen Raffinesse, sich an Alfredo heranzumachen und wurde dabei gestört, weil der lärmige deutsche Nachbar sie mit seinem Hubschrauber entführte! Wohin? Das war eine Frage, die niemand beantworten konnte, denn seine Geschäfte tätigte jener in der halben Welt, und das seidenhäutige asiatische, geheimnisvolle Wesen hatte wohl den älteren Herrn völlig verzaubert.

„So ist es halt immer, wenn der Verstand betagter Männer total in die Hosen rutscht!", meinte Monika sarkastisch. „Müssen wir aber Marias Warnung ernst nehmen, oder war sie eigens wegen Alfredo hier?"

„Wer kennt sich schon aus in der Psyche einer Frau?", konterte Hermann. „Aber halten wir die Augen offen! Wenn es ein Märchen war, das uns dieses Luder erzählte, dann so weit so gut. Aber Machtgelüste aller Art, besonders auch bei Militärs, sind ja sprichwörtlich immer vorhanden!"

„Also, ab sofort ist jeder Braune hier im Tessin höchst verdächtig, einem Geheimdienst anzugehören oder womöglich als Killer engagiert zu sein! Wollen wir nach Neuseeland auswandern?", fragte Susi ziemlich aufgebracht.

„Lassen wir uns doch nicht verrückt machen von einer Verrückten, die nur Alfredo im Kopf hatte und ihn mir aus dem Bett holen wollte!"

„Ihr seid verlobt und schlaft doch schon zusammen in einem Bett?", fragte Hermann.

„Ja, denk mal, Grosspapa! So verrucht sind wir! Wann kommst du endlich in der neuen Zeit an?", meinte sie verärgert.

„Überhaupt nicht mehr. Ihr seht, ich bin hoffnungslos verkalkt und auch voller Gift der Chemo-Therapien!", konstatierte Hermann etwas kleinlaut.

„Hört endlich auf mit dem Geplänkel! Das bringt nichts! Ich gehe jetzt mal zu unserem

Makler nach Locarno, und zwar mit der Gift-phiole!"

„Auch das bringt nichts, Junge. Wir lassen uns von unseren Emotionen zu sehr erregen und leiten. Schalten wir lieber den Kopf ein!", beendete Monika den Wirrwarr der Gespräche und Ideen.

„Und was sagt dein Kopf?", fragte Jaqueline.

„Zunächst zurück nach Zürich. Hermann geht zur Chemo, und ihr könntet doch hier die Hochzeit weiter vorbereiten. John, wann beginnt dein neuer Job?"

„Übernächsten Montag. Und unsere Möbel sollten jetzt gewiss auch schon im Zollfreilager abholbereit sein!"

„Gut, starten wir nach einem guten Essen in unserem Grotto! „Was schlägst du vor?"

„Fragen wir den Koch! Der hat immer leckere Ideen!"

36

Der Geheimdienst Indonesiens fand die Familie Sadrokini sehr bald, weil sich dieser erkundig-te, wie viele Orchideensammler es denn in Banjarmasin gibt. Die ungefähr zwanzig Leute waren relativ schnell verhört. Bei Jusak fanden sie Helm und Säbel des japanischen Soldaten. Also konnte dort die Folter beginnen, damit alle Details bekannt wurden. Damit war auch die Spur zu den komischen und eigenartigen Tou-risten aus der Schweiz gelegt!

„Zwei gefährliche Mitwisser des Geheimnisses unseres Dschungels in Borneo leben also ver-mutlich noch. Nur ist es unwahrscheinlich, dass diese nochmals eine Forschungsreise unter-nehmen werden. Wir können also kostspielige Ermittlungen hier einstellen, müssen aber ein-fach die Augen offenhalten bei Einreisenden aus der Schweiz in Indonesien!", sagte der Chef des Geheimdienstes in Jakarta. Eine Rei-se in die Schweiz und die Ausschaltung dieser zwei Personen war also nie geplant!

Nachdem Maria von Herrn Honorarkonsul Rudolf von Jansen nach Frankfurt entführt worden war, seines Zeichens ewiger Junggeselle, damit er ohne grosse Probleme in seinem Liebesleben Abwechslung hatte, die aber den inzwischen Sechzigjährigen gehörig forderte, durchlebte er mit ihr in seiner Penthauswohnung rauschende Nächte. Er lernte sogar asiatische Raffinessen auf sexuellem Gebiet kennen, die seinen gesamten Organismus durcheinanderwirbelten und zudem gesundheitliche Störungen hervorriefen.

Maria besass immer noch von ihrem armen Bruder Jusak wenige Tropfen des unbekannten tödlichen Giftes, das er ihr damals in Indonesien überreichte und meinte:
„Maria, einfach für alle Fälle!"

Nun, so ein Fall war jetzt! Maria versprach Rudolf von Jansen, bei ihm zu bleiben, so lange er sie wolle. „Aber dafür habe ich einen Wunsch!"

„Welcher denn, mein Engel?"

„Überschreibe mir doch dein schönes Haus im Tessin!"

Von Jansen dachte: „Kann ich ja machen, um sie zu ködern. Und eines Tages bringe ich sie endgültig zum Verschwinden. Ich gebe ihr ein handschriftliches Papier in die Hand, aber ohne Anwalt und ohne Notar. Dann verschwindet dieses Papier eines Tages mit ihr!

Dass er damit sein eigenes Todesurteil beförderte, fiel ihm nicht im Traum ein. „Was weiss auch diese süsse Tussi von Verträgen und Geschäften!"

Wenn er sich hier nun einmal tüchtig täuschen sollte? Wie erwähnt, das Gift aus Borneos Dschungel ist völlig unbekannt und kann auch nach kurzer Zeit im Körper nicht mehr nachgewiesen werden. So erschreckte in Frankfurt eine Headline in den Medien die Leute und erweckte auch bei etlichen Schadenfreude: „Honorarkonsul Dr. jur. Rudolf von Hansen, der international angesehene und tüchtige Geschäftsmann, ist völlig unerwartet verstorben. Die testamentarische Verfügung über sein Riesenvermögen wurde in den letzten Jahren einige Mal abgeändert. Es fliesst nun vermutlich in viele wohltätige Institutionen und Organisationen, da keine näheren Verwandten mehr da sind und Ansprüche erheben könnten."

Marias Rache für den ständigen Missbrauch ihres schönen Körpers, aber auch ihrer Seele sowie die Abweisung ihrer grossen Liebe zu

Alfredo Cavalli, machte sie zu einem Monster. Triumphierend übernahm sie nach dem Tod ihres Gönners und nach vielen Abklärungen und Verhandlungen das Anwesen in Mergoscia im Tessin und veranlasste dadurch, dass auch die Familie Grossmann ihr Rustico verkaufte, mit Gewinn zwar, aber auch mit etwas Tränen.

Und, was wurde aus Maria? Man flüstert, dass auch sie nach dem Verkauf ihrer Liegenschaft mit einem Immobilienhändler aus Locarno nach Wien zog. Wenn etwas Wahres daran ist, so hoffen wir, dass sie dort neue Wurzeln schlagen konnte. Schliesslich ist sie die einzige Überlebende ihrer Familie, und alles wegen dieses vermaledeiten und unbekannten Giftes aus dem Urwald!

37

Friedrich Schiller hatte schon recht mit seinen Worten aus dem Drama „Wilhelm Tell": „Mitten im Leben sind wir vom Tod umgeben!"

Trauerfeier und Hochzeit waren nahe beieinander bei den Familien Grossmann, Müller und Cavalli! Es war soweit, was alle befürchteten: Hermann schloss für immer die Augen.

„Es war ein wundervolles Leben an deiner Seite, Monika! Erst war unser Betätigungskreis gross und grösser. Dann im Ruhestand wurde dieser bedeutend kleiner, aber doch viel schöner. Und nun weitet sich für mich der Kreis ins Unermessliche. Ich fühle es! Lass noch einmal die CD mit Beethovens Neunter Symphonie laufen. Du weißt schon, mit dem wundervollen Schlusschor ,Ode an die Freude', in der es unter anderem heisst: *,Ahnest du den Schöpfer, Welt? Such' ihn überm Sternenzelt, über Ster-*

nen muss er wohnen. Droben überm Sternenzelt wird ein grosser Gott belohnen'!

Ich glaube auch fest, dort werden wir uns in
einer anderen Daseinsform wiedersehen. Gehe
doch ab und zu in ‚meine' Kirche! Dort findest
du Trost und dort findest du mich, bis wir uns
wiedersehen! Danke für alles, Monika!" Ein
letzter schwacher Händedruck, ein letzter tiefer
Atemzug, und Hermann war nicht mehr in seinem Leib. Aber ein leises und sogar zufriede-
nes Lächeln war auf seinem Gesicht!

Die Trauerfeier wurde in ‚seiner' Kirche durchgeführt. Sie war herzlich, tiefgreifend und mit
grosser Anteilnahme. Manch einer der nicht
gerade frommen Teilnehmer fand: „Es gibt
doch noch eine gewisse Hoffnung aus dem
Evangelium, wenn die Geistlichen nicht am
Volk vorbeireden!"

„Das war ein Laienprediger!"

„Ja, gerade darum sag ich das. Man merkt es,
denn es ist ein Mann aus dem realen Leben!"

Aber eben, das gehetzte Leben geht weiter und
begräbt meistens nach kurzer Zeit wieder solche Regungen des Inneren.

Die Hochzeit von Susi und Alfredo fand nur standesamtlich statt. Sie wollten die kirchliche Trauung später nachholen, nicht so kurz nach der Trauerfeier. Für die Verwandtschaft des Hauses Cavalli aus dem Tessin war dies schlichtweg „unmöglich", zu heiraten ohne kirchlichen Segen.

„Wir werden das nachholen, aber etwas später. Wenn ihr wollt in der Madonna del Sasso oder im Mailänder Dom. Oder mal ganz was anderes: Was meint ihr zu der Kirche, in der mein Grossvater von dieser Welt verabschiedet wurde? Die gibt es auch in Lugano oder Locarno!"

„Dort ist zu wenig Liturgie und zu wenig Schmuck vorhanden!"

„Ach, darum geht es euch also? Nicht um den Segen? Dann können wir ja in Afrika unter einem Baum kirchlich heiraten. Dort ist der Schmuck der Natur in Fülle vorhanden. Seid doch nicht so bornierte Traditionalisten!"

Etwas betreten wandten sich die Tessiner ab und reisten nach Hause. „Ihr sendet uns aber eine Einladung? Wir kommen, wohin ihr wollt zur Trauung. Wirklich, es hat eine neue Zeit begonnen!"

Nachwort

Nur so kann der Tod seinen Schrecken verlieren, wenn ein Jenseitsglaube vorhanden ist!
Ob Monika den wichtigsten Punkt auf der Prioritätenliste der Ruheständler befolgt und ein Teil der Familie auch, und in Hermanns Kirche Trost sucht? Wir hoffen es für sie!

Und wenn das Gift in Borneo eines Tages doch noch entdeckt wird? Dann hoffen wir zum Segen und nicht zum Fluch für die Menschen. Vielleicht könnte es der Medizin dienen und nicht als neue Geheimwaffe des Militärs verwendet werden!

Jedenfalls gegen eines hilft es nicht, bestimmt nicht: Gegen die Dummheit vieler Menschen!

Weitere Bücher von F.U. Ricardo bei Books on Demand

Brot und Salz – Die Kerze
ISBN 978-3-8423-8366-1, Paperback, 300 Seiten

Der etwas andere Jakobsweg
ISBN 978-3-8482-1437-2, Paperback, 152 Seiten

Der Raub des Luzerner Mädchens
ISBN 978-3-8370-3802-6, Paperback, 164 Seiten

Die mystische Zahl Sieben
ISBN 978-3-8391-8774-6, Paperback, 200 Seiten

Drei Welten – drei Leben
ISBN 978-3-8370-9983-6, Paperback, 220 Seiten

Eifersucht / Dramen am Weissfluhjoch und am Tafelberg
ISBN: 978-3-8423-8128-5, Paperback, 371 Seiten

Einsame Spitze – an der Spitze einsam
ISBN 978-3-8423-3777-0, Paperback, 172 Seiten

Geld stinkt nicht – Brot und Spiele
ISBN 978-3-8448-1651-8, Paperback, 312 Seiten

Grosser kleiner Mann? – Kleiner grosser Mann
ISBN 978-3-8391-5212-6, Paperback, 180 Seiten

Leuchttürme
ISBN 978-3-8391-1170-3, Paperback, 124 Seiten

Mit Scherz und Schmerz zum Herz
ISBN 978-3-8391-5285-0, Paperback, 168 Seiten

Nichts Neues! Wirklich?
ISBN 978-3-8391-1067-6, Paperback, 124 Seiten

Paradies und Hölle in Ascona / Schmelztiegel
ISBN 978-3-8423-7873-5, Paperback, 344 Seiten

Perlen im Wüstensand
ISBN 978-3-8482-0380-2, Paperback, 204 Seiten

Reicht ein Quadratmeter?
ISBN 978-3-8391-4807-5, Paperback, 136 Seiten

Reise nach (N)irgendwo – Immer zu klein
ISBN 978-3-8448-1251-0, Paperback, 272 Seiten

Rhonetal, Glück und Qual!
ISBN 978-3-8482-2612-2, Paperback, 144 Seiten

Sehnsucht Puszta
ISBN 978-3-8391-4148-9, Paperback, 140 Seiten

Späte Ehre
ISBN 978-3-8423-6031-0, Paperback, 168 Seiten

Tödliches Missgeschick im Frisiersalon?
Mord beim Italiener!
ISBN: 978-3-8482-0983-5, Paperback, 240 Seiten

Unendlicher, unergründlicher Nil
ISBN 978-3-8423-8109-4, Paperback, 180 Seiten

Upstairs – downstairs
ISBN 978-3-8482-1155-5, Paperback, 164 Seiten

Wolken über der Toskana
ISBN 978-3-8391-4431-2, Paperback, 140 Seiten